AF131692

# Sous ses doigts
## Tome 2 :
# Le trouble de Cécile

Emilie Goudin-Lopez

# SOUS SES DOIGTS

## Tome 2 :

# LE TROUBLE DE CÉCILE

Emilie Goudin-Lopez

ROMANCE

www.soromance.com

*À mes Américains, Ernie & Kay*

# Prologue

**Février 2020**

Assise sur le canapé face à la cheminée, Cécile Pasteur se mordillait l'ongle du pouce. Du coin de l'œil, elle surveillait la fenêtre donnant sur l'allée qui menait à la maison depuis la route. Dehors tout était noir et glacé, on ne voyait même pas les réverbères du village.

Les genoux de la jeune femme tressautaient nerveusement. Elle n'aurait pas dû venir. Elle regrettait d'avoir cédé face à l'insistance de son père… La maison la mettait mal à l'aise, la mort de sa mère, deux ans auparavant… Et surtout la trahison de sa sœur, l'année dernière, lors de la commémoration.

Un an tout rond.

Ici, dans cette maison.

Elle n'était pas prête.

L'eau avait coulé sous les ponts et le temps avait apaisé sa blessure, mais la cicatrice était encore fraîche, prête à s'ouvrir de nouveau, au moindre choc émotionnel.

La lueur de phares à travers le brouillard éclaira les vitres, et Cécile pâlit. Elle chercha son père du regard.

Georges, barbu, ridé, le dos voûté, lui sourit tristement et lui prit la main. Ils avaient déjà parlé de ça, de la rupture, de leur histoire… Mais la confrontation imminente fit fondre son courage et ses résolutions.

— Papa, je… Je suis désolée. J'aurais dû envoyer des fleurs. Je ne suis pas sûre de…

— Ma chérie, souffla son père en l'attirant contre lui, je comprends ta détresse, mais vous êtes mes filles, les filles de Marie-Jeanne. Vous êtes tout ce qu'il me reste. Tu as le droit d'être en colère contre Claire, mais... Le temps t'aidera à pardonner.

— Ça fait un an et je suis toujours furieuse ! s'exclama Cécile. Il va dormir avec elle, dans sa chambre ? Je peux prendre sur moi, mais pardonner, c'est trop demander.

— Fais de ton mieux, ma grande. Vous êtes mes filles, toutes les deux. Vous n'avez qu'une sœur. Votre mère serait désespérée de vous savoir déchirées.

— Claire aurait dû y penser avant de coucher avec mon mec !

Dans l'allée, la voiture s'était arrêtée. Le gravier crissa sous des semelles.

Cécile se raidit.

— Cécile, dit doucement Georges, tout ce que je te demande c'est d'honorer la mémoire de ta maman, de contenir ta colère pendant deux jours. Est-ce que tu peux faire ça pour moi ? Ne vous battez pas sur sa tombe...

Cécile détourna le regard, rougissant de colère contenue.

— Je vais faire mon possible, dit-elle.

À cet instant, elle entendit la porte d'entrée s'ouvrir et des pieds battre sur le paillasson.

— Papa, c'est nous ! résonna la voix de sa sœur dans le vestibule.

Cécile eut un frisson, les lèvres pincées. Son cœur battait fort. Derrière Claire arriverait Tom. Machinalement, elle joua du bout des doigts avec la bague en or fin qu'elle portait à l'annulaire gauche. Son avenir, ses fiançailles.

Tom appartenait au passé.

Fébrilement, elle se leva, prit une grande inspiration. Par amour pour son père et pour leur maman disparue, elle ferait l'effort d'être aimable.

Elle s'avança, quelques pas derrière son père, déboucha dans le vestibule. Claire ôtait son manteau. Tom se tenait à côté d'elle, portant une grande boîte en carton dans les bras.

Une année d'amour lui revint en plein visage, comme une gifle. Cécile se raidit. Tom n'était plus pour elle. Il était avec sa sœur, à présent. Elle devait rester calme, comme elle l'avait promis à leur père.

— Salut, répondit-elle à sa sœur qui s'adressait à elle. Vous… avez fait bonne route ?

— On arrive de Seynod tu sais, répondit Claire qui enfilait des chaussons Ikea. Ce n'est pas bien loin. Je n'habite plus Bruxelles…

Bien sûr que non. Elle n'habitait plus Bruxelles parce qu'elle avait emménagé chez Tom au printemps dernier, justement.

— Comment tu vas ? demanda poliment Claire, et Cécile fut étonnée de la sincérité dans sa voix.

À vrai dire, en dehors de son état nerveux à l'instant… il fallait avouer que… elle allait bien.

— Ça va, dit-elle en parvenant à sourire, j'avais oublié le froid. On s'acclimate vite au soleil de Californie.

Banalités. Rien de personnel. Rien de sensible. Si elles s'en tenaient à la météo, Cécile pourrait survivre à ce week-end sans déclencher d'incident diplomatique.

Mais Claire semblait déterminée à faire la conversation.

— Et ton travail, ça te plaît toujours ?

Cécile se détendit. C'était facile de parler de son travail, le seul endroit où elle trouvait du réconfort, depuis son expatriation en Californie.

— Ça me plaît, oui. Je n'envisage pas de rentrer dans un futur proche, mon entreprise m'a fait une demande de visa permanent.

Petite victoire. Un visa permanent pour les États-Unis, une carrière qui décollait d'un coup. Cécile avait refusé de se laisser mourir de chagrin après sa douloureuse rupture. Elle n'était pas une geignarde comme sa frangine, toujours en train de gémir sur son sort. Elle se battait. Elle surmonterait tout, même cette souffrance-là.

Claire allait répondre quand la boîte dans les bras de Tom poussa un jappement aigu.

Georges sursauta :

— Mais qu'est-ce que ?

Tom déposa le grand carton au sol :

— C'est pour toi, Georges. On se disait qu'il était temps de remettre un grain de folie dans cette grande maison vide.

Il souleva le couvercle et un petit chien noir se dressa sur ses pattes arrière en agitant la queue.

Le vieil homme, ému, se pencha vers l'animal et le souleva dans ses bras. Il fut aussitôt assailli de coups de langue affectueux, et dut l'éloigner de son visage en riant.

— Mais quelle merveille ! Mais Tom ! Merci mon garçon... Il est... il est parfait.

— Il est déjà vacciné, je t'ai apporté son carnet de soins et ses papiers. Il ne reste plus qu'à lui donner un nom.

— Je crois que ce petit père a une tête de... Arnold. Hein mon pépère ? Tu es un bon chien.

Couvrant le chiot de caresses, Georges le transporta jusqu'au salon, devant la cheminée où craquait un bon feu.

Cécile leva les yeux au ciel. Tom le vétérinaire, le gendre parfait, avait encore frappé. Elle aurait voulu lui reprocher son talent pour se mettre tout le monde dans sa poche... Sortir avec une sœur, coucher avec l'autre, tromper les deux, s'en tirer avec les honneurs. Mais le plaisir de son père faisait plaisir à voir. Il fallait reconnaître qu'un petit chien serait un compagnon parfait pour le veuf solitaire.

Elle allait le remercier pour ce geste quand du coin de l'œil, elle vit la main de Tom se glisser dans celle de Claire, son pouce caresser sa paume d'un geste très tendre.

Cécile détourna les yeux.

Sans un mot, tous les trois se dirigèrent vers le salon, à la suite de leur père.

— Je crois que Marie-Jeanne serait heureuse de voir les femmes que vous êtes devenues, soupira Georges en souriant. Vous êtes toutes les deux heureuses, c'est la seule chose importante au monde... Cécile, ma chérie, est-ce que tu as annoncé la nouvelle à ta sœur ?

Cécile sursauta et rougit. Elle aurait préféré faire cette annonce elle-même, à un moment qu'elle aurait choisi. Elle luttait encore contre les battements de son cœur et le nœud dans son ventre face au bonheur conjugal de son ex avec sa sœur. Mais on pouvait compter sur Georges pour mettre les pieds dans le plat.

Elle leva sa main gauche, pour montrer le diamant qu'elle portait :

— Je suis fiancée, confirma-t-elle en voyant les yeux effarés de sa sœur. Le mariage est prévu dans un an et demi, en Californie.

Le visage de celui qui avait gagné son cœur s'imposa à elle, avec ses yeux rieurs et son sourire qui lui creusait ses fossettes dans les joues. Il n'était pas venu avec elle ; Cécile n'avait pas voulu le mêler à des retrouvailles familiales qui pouvaient tourner au désastre. Mais elle réalisa à cet instant combien elle avait hâte de le présenter à son père et même... à sa sœur.

— Vous êtes invités, évidemment, ajouta-t-elle.

C'était venu tout seul, et ça lui semblait naturel, à présent. Elle ne regretterait pas Tom, qui n'avait pas su l'aimer comme elle le méritait, contrairement à son compagnon actuel. Leur histoire avait été compliquée, mais chaque étape surmontée ensemble les avait rapprochés. Elle ne pouvait pas en dire autant de Tom, son ex, qui l'avait abandonnée au premier incident.

La boule dans le ventre de la jeune femme se dissipa progressivement alors qu'elle réalisait qu'elle et sa sœur avaient pris les bonnes décisions, toutes les deux.

— Oh Cécile, félicitations ! Je suis tellement heureuse pour toi ! s'exclama Claire, qui essuya une larme sur ses cils.

— Je suis heureuse aussi. J'ai l'impression qu'enfin... Enfin tout est à sa place. C'est bon de pouvoir se laisser aller sans avoir peur du lendemain. Je me sens enfin sereine.

C'était vrai. Avoir prononcé ces quelques mots face à Claire avait eu quelque chose d'exutoire.

Cécile était enfin libre.

# 1.

**Avril 2019**

Debout sur le trottoir, Cécile contemplait le gratte-ciel qui semblait s'étirer à l'infini au-dessus de la ville.

Elle n'avait presque pas dormi, anxieuse à l'idée de prendre ses nouvelles fonctions, dans une nouvelle ville… une nouvelle vie. San Francisco.

Il serait bientôt 8 heures, bien trop tôt pour se présenter à l'accueil ; d'ailleurs Kirsten Barnes, sa nouvelle boss, ne l'attendait pas avant 9 h 30.

Elle avait eu peur d'être en retard, de se perdre dans les transports en commun, de louper son maquillage, et de toute façon elle ne trouvait pas le sommeil… c'est pourquoi dès 4 heures, Cécile était levée, soignant son look et sa coiffure, révisant son itinéraire. Elle avait choisi soigneusement son tailleur, ses escarpins et ses bijoux. Ses fonctions ne lui imposaient pas de dress code, mais pour son premier jour elle tenait à faire bonne impression.

À présent, elle avait déjà mal aux pieds sur ses talons trop hauts, et plus d'une heure à tuer avant de se présenter chez « Diatomir, cognitive data » au 16ème étage.

Il y avait un restaurant Wagamama – fermé à cette heure matinale – dont les vitres donnaient sur la rue, et un café dont Cécile ne connaissait pas l'enseigne – Momo's – mais dont l'intérieur lui parut irrésistiblement chaleureux. Ce serait parfait pour occuper l'heure et demie qu'elle avait à attendre.

Cécile prit une place à une petite table qui lui offrait une vue dégagée sur la rue et respira profondément. Elle venait de vivre deux mois frénétiques, un tourbillon qui l'avait emportée, l'empêchant de sombrer dans la dépression et l'inertie. Il était temps de se poser un peu, de prendre du temps pour elle. Une serveuse déposa sur sa table un grand café mousseux pailleté de chocolat, et Cécile songea que l'orangé de la lumière rasante en cette heure matinale et le cadre soigneusement rustique de l'établissement feraient un cliché « Insta » parfait.

Elle tira son téléphone, lança l'application… et interrompit son geste.

Elle n'avait plus mis à jour son compte Instagram depuis février, depuis la rupture.

Sous son pouce défilaient des mois d'illusion et de mensonge, une vie fabriquée, un décor artificiel. Femme active, moderne, heureuse dans le bras de Tom Leroy, les week-ends à Amsterdam ou à Rome, les cocktails colorés, les ongles manucurés.

Ces photos, elle n'avait pas osé les retirer de son insta, de peur qu'on lui pose des questions… Qu'allait-elle répondre ?

« *Mon ex-futur-mari m'a trompée avec ma sœur. Tout est bidon* ».

Comment pouvait-on être aveugle à ce point…

Devait-elle supprimer ce compte, peut-être en créer un autre, autour de son installation récente aux États-Unis ? Mais à qui s'adresserait-elle ?

Son père aurait envie d'avoir de ses nouvelles, mais il préférerait recevoir un email ou un appel de temps en temps. Quant à sa sœur, Cécile n'avait aucune envie de lui donner accès à sa nouvelle vie… Le cœur de la jeune femme se serra.

Claire était son unique sœur. Comme dans toutes les fratries, elles s'étaient aimées, haïes, battues, partageant les meilleurs films, les chagrins et les secrets, et se disputant les fringues, les sorties, les faveurs des parents. Mais de là à se déchirer pour un mec ?

Cécile avait sous-estimé le capital de nuisance de sa petite sœur, si jeune, si innocente. Pourtant, cette dernière avait bien calculé son coup, attendant que Cécile soit en déplacement pour mettre le grappin sur Tom Leroy. Est-ce que tous les hommes pensaient avec leur queue ? La facilité avec laquelle il l'avait trompée pour sauter Claire avait laissé Cécile soufflée, et brisée. Finalement, heureusement que cette petite arriviste s'était manifestée à temps pour faire tomber le masque du beau vétérinaire… Que se serait-il passé si Tom l'avait épousée ? Il aurait été capable d'aller jusqu'au bout, et de la tromper ensuite, lâche qu'il était.

Le chagrin laissa place à une colère sourde, et Cécile réalisa soudain que ses larmes allaient ruiner son maquillage. Elle devait impérativement se présenter radieuse à Mrs Barnes. En tant que recrue importée de France, tous les projecteurs seraient braqués sur elle les premiers mois. Elle n'aurait pas droit à l'erreur.

Au moins, ça ne lui laisserait pas le temps de ruminer sur son cœur brisé et sa colère contre Claire.

Il fallait qu'elle retouche son mascara. Cet établissement avait-il des toilettes ?

Terminant son café d'une longue gorgée, Cécile se leva et jeta son sac à main sur son épaule, percutant de plein fouet le client qui remontait l'allée entre les tables. Un liquide doré, bouillant, les éclaboussa tous les deux.

— Ah mon dieu ! Je suis désolée ! s'exclama-t-elle, constatant avec épouvante qu'elle venait de ruiner la chemise blanche de l'inconnu, et la sienne par la même occasion.

L'homme poussa un juron et écarta les bras en signe d'impuissance, sa tasse toujours à la main.

Cécile leva les yeux. Elle se tenait devant un homme plutôt grand – la même taille que Tom à quelque chose près ? – Mais la ressemblance s'arrêtait là. Si Tom était brun, avec des grains de beauté et un visage assez long, l'homme qu'elle venait de bousculer avait des cheveux d'un roux flamboyant, soigneusement coiffés avec une raie sur le côté, des yeux perçants et une barbe rasée de près. Ses lèvres étaient pincées dans une expression d'agacement extrême, et Cécile se sentit rougir de honte.

— Je suis confuse, bégaya-t-elle. Je ne vous avais pas vu. Est-ce que… je peux faire quelque chose ? Vous alliez travailler ?

— J'allais travailler, oui, grogna-t-il sans desserrer les dents. Vous pourriez faire attention !

La jeune femme baissa les yeux :

— Vous voulez de l'argent ? Je peux vous payer le pressing…

— Laissez tomber, cracha l'homme, en l'écartant du passage d'un coup d'épaule.

Les bras ballants dans un geste d'impuissance, elle le regarda s'éloigner et l'entendit jurer « foutus touristes » alors qu'il franchissait la porte. Touriste ? À cause de son accent français, sans doute… Elle parlait bien anglais, mais il resterait toujours dans son élocution un petit quelque chose qui dénoncerait ses origines étrangères.

Elle s'efforça de respirer. Cette matinée commençait mal, sans surprise. Quand cesserait-elle de tout gâcher ? Elle venait de pleurer sur son ex, comme tous les jours depuis deux mois, de se prendre la tête avec un inconnu, et de tâcher son tailleur.

Il était urgent de se reprendre en main. Tom : c'était du passé ; l'inconnu : qu'il aille au diable, elle ne le reverrait jamais ; et le chemisier… elle avait tout juste le temps d'en acheter un neuf et se présenter au bureau à l'heure convenue. C'était faisable.

Essuyant ses yeux du revers de la main – elle retoucherait son mascara dans les cabines d'essayage – Cécile sortit dans la rue, en quête d'une boutique de prêt-à-porter.

# 2.

120 dollars… C'était le prix exorbitant que Cécile avait payé pour un chemisier neuf, acheté en urgence dans une boutique au bout de la rue.

En plus d'être agacée et stressée, elle se trouvait dépouillée d'une somme dont elle aurait bien eu besoin, au vu du prix de la vie à San Francisco et du montant astronomique qu'allait lui coûter son emménagement. Il faudrait qu'elle trouve une enseigne de prêt-à-porter plus accessible que les boutiques guindées du quartier des affaires !

— Et surtout, il faudra que je garde un chemisier de rechange dans mon bureau, en cas de nouvel accident en pleine journée… Je ne vais pas pouvoir m'acheter un chemisier neuf par jour ! grogna-t-elle, affligée.

Il était 9 h et quart, elle n'avait rien posté sur Insta – ça valait mieux, vu la tournure que prenait sa journée – et elle avait retouché son maquillage. Elle était prête.

Cécile vérifia son chignon pour la Nième fois, prit trois grandes inspirations, pratiqua son sourire le plus chaleureux, et entra enfin au 417, Montgomery Street.

— Ah, voilà notre petite Française ! s'exclama Kirsten Barnes, lorsque la jeune femme se fut annoncée à l'accueil.

Kirsten était tellement américaine… Grande et plantureuse, la peau noire et les cheveux soigneusement lissés, maquillée à la perfection. Elle ouvrit les bras et s'approcha de Cécile, soudain intimidée, pour lui donner une accolade que Cécile accepta, bien qu'un peu raide. Les Américains et leur familiarité… ils étaient choqués que les Français se fassent la bise mais s'adonnaient à des « hugs » intimes ; y compris entre collègues !

— Bienvenue, bienvenue ! Inutile de te faire visiter les locaux, tu es déjà venue en février. Je vais te montrer ton bureau. As-tu fait bon voyage ? C'est si long, le trajet depuis l'Europe, tu dois être épuisée. Est-ce que ton container est déjà arrivé ? Où es-tu logée pour le moment ? Emmitt pourra t'aider avec l'administration si tu as besoin… Tu connais Emmitt ?

Trop de questions, trop vite. Kirsten était expansive, indiscutablement la reine de ce royaume. Son sourire était large, ses yeux rieurs. Elle ne laissait pas à Cécile le temps de répondre à ses questions, et cette dernière sourit poliment.

Emmitt Joseph approchait justement, et Cécile lui tendit la main, ravie de revoir un visage familier. C'était un gros garçon, barbu, à l'air toujours éberlué. Cécile soupçonnait qu'il passe ses nuits sur des jeux vidéo, et ses week-ends dans des conventions de collectionneurs de figurines. Mais sous ses apparences d'adolescent mal dégrossi, il faisait un excellent assistant pour l'ensemble des équipes, et pour Kirsten en particulier.

Lorsque Cécile s'était déplacée dix jours en février pour prêter main-forte aux équipes d'ingénieurs chez un client particulièrement capricieux, c'était Emmitt qui avait organisé ses billets d'avion, son logement, le remboursement de ses frais, et la modification du billet retour pour qu'elle puisse rentrer plus tôt et passer la fin de semaine avec Tom.

Quel minable, Tom. Ce jour-là, on avait frôlé le Vaudeville... « ciel, mon mari ! »

Elle était rentrée chez lui, à Annecy, trois jours plus tôt que prévu, pour lui faire la surprise, et avait trouvé sa propre sœur sur son canapé. Avec le recul, ça avait été un manque de chance de ne pas les prendre sur le fait : la farce aurait tourné court. À la place, Cécile avait eu droit à des semaines de doute, de mensonges, et d'hypocrisie... avant d'être définitivement larguée comme la femme trompée qu'elle était.

Pauvre type.

— Voici ta place, en face de Joshua Dixon, le commercial avec qui tu vas travailler. Il avait prévu d'être là pour t'accueillir, mais il a dû retourner chez lui en urgence. Il ne va pas tarder à arriver. Je te laisse déposer tes affaires, ensuite tu pourras passer voir Zaina, notre responsable informatique, qui te remettra ton laptop. À l'arrivée de Josh, je te retrouve dans la salle de pause autour d'un café, on a prévu une surprise pour ton arrivée.

Quelle tornade !

Cécile acquiesça, suspendit sa veste de tailleur au porte-manteau et déposa son sac sur son bureau. Elle se trouvait au bout d'un ensemble de 6 tables, côté couloir dans un immense open-space. On se leva pour la saluer, lui serrer la main et lui souhaiter la bienvenue. Dans cette partie du bureau travaillaient quinze personnes, principalement des ingénieurs et des commerciaux. Tout au bout, derrière les cloisons vitrées, il y avait les bureaux individuels des managers. De l'autre côté de l'accueil s'étendaient encore 800 m² d'open-spaces où étaient installés les équipes administratives et l'armée de développeurs. Elle connaissait déjà les lieux, et certains de ses collaborateurs, qu'elle salua chaleureusement. Les transferts d'une filiale à l'autre étaient rares, car les visas de travail pour les États-Unis étaient difficiles à obtenir et les candidats au déménagement peu nombreux.

Cécile avait cet « avantage » : pas de boyfriend, pas de famille, pas d'attaches. Elle avait largué son ancienne vie sans un regard en arrière.

Ici, elle serait en binôme avec un commercial qu'elle n'avait pas eu l'occasion de rencontrer lors de sa visite quelques mois plus tôt et se demandait quel genre d'homme il était. Au fond d'elle-même, elle prononça une prière muette pour qu'il ne s'agisse pas d'un quinquagénaire condescendant et patriarcal. Dans ses fonctions d'ingénieure, souvent confrontée à des équipes techniques exclusivement masculines, Cécile subissait le sexisme en pleine face. On ne la prenait pas au sérieux, on l'appelait « ma petite », ou « ma jolie », on demandait à parler à son chef, on l'envoyait faire le café. C'était une bataille de tous les jours que de s'imposer à ses clients – et parfois à ses collègues – qui peinaient à croire qu'une fille, menue et blonde, puisse comprendre les rouages de leur logiciel mieux qu'eux-mêmes.

C'était une des choses qui lui plaisait tant, chez Diatomir inc. : le patron était une patronne. Voilà qui devait défriser les sexistes de tout poil !

Essayant d'être discrète, elle jeta un œil au bureau de Josh, en face du sien.

Sur les autres bureaux, les commerciaux et ingénieurs avaient disposé des post-its en bataille, des cadeaux d'affaires divers, des objets publicitaires glanés sur des salons et des photos de leur famille. Pas Josh Dixon. Son poste de travail était impeccablement rangé, chaque stylo, chaque porte-document aligné parallèlement au bord de la table. Pas de photos, de gadgets, rien de personnel à l'exception d'une petite plante grasse qui s'épanouissait dans son pot. Il n'avait pas l'air d'être un rigolo. Ou alors, c'était quelqu'un qui séparait strictement vie professionnelle et vie personnelle.

Tant mieux.

Au moins, bien qu'ils s'apprêtent à bosser ensemble huit heures par jour, il ne tenterait pas de s'immiscer dans sa vie ! Tout ce à quoi elle aspirait pour le moment, c'était à un peu de tranquillité.

— Tu viens nous rejoindre en salle de pause ? On t'a préparé un petit déjeuner de bienvenue.

C'était Emmitt, qui lui faisait signe de le suivre.

Cécile s'arracha à la contemplation du bureau immaculé du mystérieux Josh, et le suivit jusqu'à une grande salle vitrée, meublée d'un grand meuble de cuisine, une machine à café, un distributeur de snacks, un babyfoot et une console de jeu… et trônant au milieu de la pièce, une grande table sur laquelle étaient disposés des plateaux entiers de donuts multicolores autour d'une tour Eiffel en carton.

Cécile s'abstint de préciser qu'elle venait de Haute-Savoie et n'avait pas spécialement d'attaches à la tour Eiffel, un concept un peu trop snob certainement, vu la délicatesse du geste et la gentillesse d'Emmitt à son égard :

— C'est toi qui as organisé tout ça ? lui dit-elle, sincèrement flattée. C'est très gentil, merci beaucoup !

L'assistant allait répondre quand un brouhaha leur parvint depuis le couloir et qu'une voix d'homme résonna :

— Je sais que je suis à la bourre pour accueillir la nouvelle, mais une connasse m'a bousculé au café ce matin, elle a bousillé mon costard Armani. J'ai dû rentrer le déposer au pressing en urgence, me changer et revenir, j'ai perdu presque deux heures !

— Tout le monde t'attend dans la salle de pause pour le café d'accueil de Cécile, répondit la voix familière de Kirsten.

Cécile pâlit. Elle ne pouvait pas être poissarde à ce point !

Et pourtant…

Lorsqu'il franchit la porte de la salle de pause, le sourire Colgate que Josh Dixon avait préparé pour sa nouvelle collègue se figea.

— Une connasse, hein, dit simplement Cécile.

# 3.

Si Josh perdit son sang-froid, il n'en montra rien.

Son sourire, simplement, se raidit imperceptiblement.

— Des mots qui ont dépassé ma pensée, avec mes excuses, dit-il en lui serrant la main. Je ne m'attendais pas à...

— Accueillir ta nouvelle collaboratrice avec un flot d'insultes ? Moi non plus, je ne m'y attendais pas. Désolée pour ton costume Armani.

Cécile sentait qu'elle était écarlate, son cœur battait fort dans sa poitrine. C'était officiel, elle allait se rouler en position fœtale trente-six pieds sous terre et ne jamais se relever.

À leur droite, Emmitt ne perdait pas une miette de cette conversation improbable. Il mâchait pensivement un donut au glaçage rose. Quelle mouche les piquait, tous les deux ?

La même réflexion dut frapper Kirsten, qui s'interposa, saisissant le thermos de café pour remplir les tasses.

— Josh voici Cécile, Cécile voici Josh ! Je sens que vous allez merveilleusement travailler ensemble tous les deux. Josh, tu aurais dû voir Cécile chez Square Corp, en février, elle a été incroyable. Le client était prêt à claquer la porte, mais Cécile a su coder en quelques jours un plug-in qui a sauvé ses données. C'est un contrat à 3 millions qui a été rattrapé par son intervention.

Cécile ouvrit la bouche pour répondre, mais Kirsten ne lui en laissa pas le temps et lui fourra un gobelet brûlant et un donut dans les mains :

— Tu verras, Cécile, Josh est un commercial avec un style très agressif. Il ne décroche aucun contrat à moins de 5 millions ; mais pour ce faire, il a besoin d'une ingénieure avant-vente à la pointe, qui connaisse nos clients et nos outils et soit capable d'être performante sans préparation sur des bases de données complexes. Tu seras parfaite.

La jeune femme sourit poliment, laissant glisser son regard vers Josh. « Très agressif », elle voulait bien le croire ! Très sûr de lui aussi, visiblement… Il n'avait pas l'air déstabilisé le moins du monde à l'idée de l'avoir insultée déjà deux fois depuis ce matin. En trois secondes, elle décida qu'elle en savait assez sur le personnage : un requin des affaires, prétentieux et m'as-tu vu, criant sur les toits qu'il porte des marques de luxe, arrogant… pas le genre à admettre ses torts ou à lui présenter des excuses. Ça annonçait un démarrage compliqué dans ce nouveau poste.

Il faudrait pourtant qu'elle s'en accommode si elle souhaitait réussir ce nouveau départ californien. Les Américains n'étaient pas réputés pour s'encombrer de collaborateurs médiocres, et le visa E2 que lui avait fourni Diatomir ne lui permettait pas de travailler chez un autre employeur. Elle devait réussir dans ce poste, coûte que coûte.

Voilà qui faussait d'emblée le rapport de force, à l'avantage de Dixon : son visa, sa vie même, n'étaient pas en jeu, et il pouvait se permettre d'être odieux avec elle autant qu'il le voulait. Quant à Cécile, si elle se trouvait au cœur d'une polémique ou d'un dossier de harcèlement, elle ne doutait pas qu'elle serait vite de retour chez papa, à Saint Ferréol… ce village paumé des Alpes.

Elle allait devoir serrer les dents.

Il n'était pas encore midi et elle angoissait déjà à l'idée d'échouer dans son projet professionnel… Elle avait besoin d'une cigarette.

Autour d'elle, les conversations allaient bon train. Emmitt faisait une démonstration de français, en récitant soigneusement « *baguette, sacrebleu* » et autres « *omelette du fromage* », qui faisaient rire l'assistance.

Ses cigarettes étaient dans son sac à main, sur son bureau.

Cécile quitta la salle de pause pour fouiller dans son sac, et fit machinalement glisser son pouce sur l'écran de son portable. Les vieilles habitudes, instagram, twitter…

Elle rejeta le smartphone sur la table et s'empara du petit paquet blanc.

— Fumer tue, articula derrière elle une voix masculine qu'elle méprisait déjà.

Prétentieux, arrogant ET paternaliste. Bingo.

L'ingénieure se retourna lentement, glissant la cigarette entre ses lèvres sans quitter Josh des yeux :

— Je croyais qu'on allait bosser ensemble. Je n'avais pas compris que tu étais aussi mon babysitter.

Elle s'adossa à son bureau, croisant les chevilles, soutenant son regard. Il se tenait dans une posture conquérante, une main dans la poche et la veste sur l'épaule. Cécile songea que s'il n'avait pas été si pénible, il aurait été séduisant, avec sa haute stature et sa chevelure flamboyante.

— Tu te débrouilles bien en anglais, pour une petite Française immigrée de la veille, observa-t-il.

Cécile vit rouge.

Un instant, elle envisagea de lui enfoncer les ongles dans les orbites, mais se rappela sa bonne résolution : « serrer les dents ».

— Tu t'attendais à quoi, une danseuse de cancan ? Tu crois que Kirsten se donnerait la peine de souscrire à un visa en urgence pour une incompétente ?

— Tu as du répondant, c'est bien.

Il eut un petit sourire en coin, et son aisance agaça Cécile. Il était en position de force, et il le savait. Elle ne pouvait pas gagner. Mais elle tomberait la tête haute !

— Mais avoir une grande gueule et de longues jambes, ça ne suffira pas, continua-t-il. C'est le grand bain, ici. J'ai rendez-vous demain avec la Directrice technique du labo pharma Herion. Il ne faudra pas bafouiller. On verra vite si tu es à la hauteur…

Il avait insisté sur l'expression « longues jambes » et Cécile se sentit humiliée. Il allait trop loin et évidemment, il n'y avait pas un témoin de cette altercation. Tout le monde dégustait les donuts, dans la salle de pause dont la porte s'était refermée.

Elle se redressa.

— Profite de la vue, Dixon, parce que c'est la dernière fois que tu poses tes yeux sur moi. Je suis ici parce que je suis la meilleure, et je n'ai pas traversé un continent pour me laisser intimider par un requin à l'égo fragile. Kirsten a confiance en moi, et tu devrais aussi. Tu veux qu'on aille lui faire part de tes observations ?

Josh haussa les épaules. Cécile ne lui laissa pas le temps de répondre, et manqua de le bousculer pour rejoindre l'ascenseur.

— Je descends fumer. Quand je vais revenir, je vais prétendre ne t'avoir jamais vu. Tu vas avoir une occasion unique de rattraper cette première impression, ce serait dommage de la laisser passer.

L'instant d'après, les portes de l'ascenseur se refermaient sur elle, et Cécile sentit ses nerfs lâcher. Elle refoula difficilement ses larmes alors qu'elle fouillait dans sa poche à la recherche de son briquet.

— Courage, murmura-t-elle pour elle-même, il se sent menacé, c'est tout. Il attaque pour ne pas perdre la face. Tu en as déjà affronté, des comme ça, et tu les as tous matés. C'est aussi pour ça que Kirsten t'a choisie toi : pour dompter cette espèce de sale con.

Avoir prononcé « sale con » à voix haute et en français lui fit du bien, et ses larmes se tarirent.

Debout dans la rue, elle tira une bouffée de tabac et bascula la tête en arrière pour souffler la fumée.

— Sale con ! Sale con, sale con, sale con !

La jeune femme se mit à rire. C'était libérateur.

– *What's "salkon"*[1] ? fit une voix féminine derrière elle, et Cécile sursauta.

---

1.  " C'est quoi «salcon» ? "

# 4.

L'ingénieure se retourna vivement, toussant sur la fumée qu'elle avait avalée de travers.

Derrière elle se tenait une femme à la peau brune, aux incisives légèrement écartées et aux cheveux tressés. Cécile l'avait aperçue parmi les collègues qui riaient autour d'Emmitt dans la salle de pause, un peu plus tôt.

La femme lui tendit la main :

— Je suis Zainabu, l'IT Manager, tu peux m'appeler Zaina. Est-ce que ça va ?

— Cécile... tu peux m'appeler Cécile, sourit cette dernière en acceptant sa poignée de main. Tu m'as suivie ? Tu veux une cigarette ?

— Je ne fume pas, merci. Mais je t'ai vue partir à toute vitesse après avoir parlé quelques minutes à Dixon, j'en ai déduit qu'il avait encore fait son numéro.

— Son numéro ?

— Sa partenaire s'est barrée, depuis il fait payer son départ à tout le monde. Il se dit qu'ils avaient une liaison.

Cécile fuma en silence avant de répondre :

— Ce n'est pas une raison pour me traiter comme ça.

— Je n'ai pas entendu ce qu'il t'a dit, mais je ne doute pas qu'il ait agi comme un vrai con. Je crois qu'il a du mal à supporter l'idée qu'on puisse remplacer Gwen, ils faisaient une sacrée équipe.

— Est-ce que tu sais pourquoi elle est partie ?

Zaina haussa les épaules et but une gorgée du café qu'elle avait à la main.

— On ne sait pas trop si coucher avec Josh a aggravé son cas, mais ses résultats n'étaient pas à la hauteur. Le dossier Square Corp que tu as rattrapé en février, c'était celui de Gwen.

Cécile laissa ces paroles faire leur chemin. Voilà qui expliquait beaucoup de l'agressivité de Josh à son égard. Quelque part, c'était mesquin de la part de Kirsten de ne pas l'avoir avertie. Mais cette dernière était une femme d'affaires et une cheffe d'entreprise. « Machin ne me cause plus dans la cour de récré » ne devait pas lui importer beaucoup. Par contre « j'ai repêché 3 millions en 18 heures de code », déjà davantage.

Bienvenue dans le grand bain.

Elle termina sa cigarette et jeta le mégot dans le réceptacle, avant de faire signe à Zaina de remonter.

— Tu es venue ici avec ta famille ? demanda poliment Zaina.

— Non, je suis seule, répondit Cécile. Ça va me permettre de me consacrer entièrement à mon job. J'ai l'impression que la barre est placée assez haut.

— Kirsten est exigeante, et Josh aussi, oui. Mais tu verras, ils sont très compétents. Si tu te montres à la hauteur de leurs attentes, tu seras la reine du monde. Est-ce que tu veux que je parle à Josh ?

— Ça ira. Je lui ai donné un ultimatum avant de descendre, je verrai comment il se comporte cet après-midi. Et… Merci de m'avoir accompagnée. Je me sens déjà mieux.

— Avec plaisir, sourit Zaina.

— Est-ce que tu déjeunerais avec moi ? demanda Cécile.

Zaina fit une grimace :

— J'avais prévu d'aller courir ce midi. Tu devrais déjeuner avec Kirsten et Josh… Il se tiendra à carreau si la boss est à table avec vous.

— Je verrai s'ils me le proposent.

Cécile se fit la réflexion que c'était sympa, d'aller courir entre midi et deux. Elles en discutèrent alors qu'elles remontaient par l'ascenseur : les douches accessibles aux salariés, l'itinéraire pour rejoindre le bord de mer.

— Je devrais fumer moins, songea-t-elle.

Déjà, fumer seule n'avait pas beaucoup d'intérêt au bureau et ensuite, pour suivre Zaina qui avait l'air d'être une fameuse sportive, elle aurait besoin de tout son souffle. Soudain, sa résolution fut prise. Nouvelle vie ! Autant s'y mettre tout de suite.

En arrivant à l'étage, elle retira le paquet de cigarettes de son sac à main et le glissa dans son tiroir.

Josh était assis à son bureau et pianotait sur son laptop. Cécile hésita. Devait-elle lui tendre la perche ?

— Salut, dit-elle enfin. Je suis Cécile, ta nouvelle partenaire. Tu dois être Josh. J'ai beaucoup entendu parler de toi.

Elle se mordit la lèvre, espérant une réponse. Enterrer la hache de guerre…

Il interrompit son travail pour la regarder, et leva les yeux au ciel.

— Bienvenue, je suis Josh et ma réputation n'est pas usurpée. Tout ce que tu as entendu est vrai. Des questions ?

Il ne souriait pas, mais au moins il ne l'avait pas envoyée sur les roses. C'était un début.

— Quand est-ce qu'on commence ? Tu m'expliques le dossier Herion pour préparer la réunion de demain ?

— J'ai réservé la salle de réunion « Elvis » tout l'après-midi pour te briefer. Tu as déjà ton laptop ?

— Non, je… dois passer voir Zaina.

— Alors, vas-y, le temps que tu configures ta boîte mail et le reste, ce sera bien temps de s'y mettre.

— Okay.

Cécile s'apprêtait à tourner les talons pour rejoindre le bureau de Zaina, à l'autre bout des locaux, mais s'interrompit.

— Josh, tu déjeunes où ce midi ?

Il ne leva même pas les yeux :

— Je ne déjeune pas. J'irai chercher un thé et un sandwich chez Momo's. Je vais prendre du retard sur mon taff si je dois passer l'aprèm à t'expliquer le B-A-BA.

Était-il nécessaire d'être si condescendant ? Cécile perdit patience.

— On verra si ce n'est pas moi qui vais devoir t'apprendre des trucs. Vous les commerciaux, vous promettez n'importe quoi alors que vous n'avez aucune notion de la technique à l'œuvre.

— C'est ce qu'on verra.

C'est ça. Pauvre type.

Ne perdant pas davantage son temps avec l'odieux personnage, Cécile se mit en quête du bureau de Zaina.

Elle déjeuna seule… Kirsten avait un rendez-vous, Josh prétendait ne pas avoir le temps, Zaina était partie courir et Emmitt avait disparu au moment du déjeuner avec quelques collègues de l'équipe « Dev ». Il lui semblait qu'en France, on n'abandonnait pas ainsi ses collègues à l'heure du déjeuner. Ici, les gens mangeaient sur le pouce, devant leur ordinateur, et grignotaient tout l'après-midi. On était loin du plaisir de s'asseoir dans un bouchon lyonnais et de déguster le plat du jour !

Qu'à cela ne tienne ! La jeune Française s'installa chez Wagamama, commanda des Ramens aux crevettes, et consacra sa demi-heure de déjeuner à éplucher les annonces de location d'appartement : elle était pressée de s'installer chez elle pour de bon.

Les prix la découragèrent. Était-il possible que le prix du mètre carré à San Francisco soit plus élevé qu'à Paris ?

Affligée, elle se prit la tête dans les mains. Quel enfer ! À 28 ans, à moins de s'installer dans un studio miteux ou un deux-pièces au bout du monde, elle allait devoir renoncer au projet de vivre seule… Le rêve américain s'effritait déjà.

# 5.

— Tu t'en es bien tirée, dit simplement Josh alors qu'ils quittaient le siège social du labo pharmaceutique Herion, le lendemain soir.

Cécile s'arrêta.

Est-ce qu'il venait de lui faire un compliment ?

— Je sais, dit-elle en redressant son sac sur son épaule. Ça fait quatre ans que je bosse chez Diatomir en France. Je connais le logiciel sur le bout des doigts, je te l'ai dit.

— Tu veux prendre un café ?

C'était le premier acte de bienveillance de Josh à son égard, et la jeune femme sentit qu'il y avait une occasion à saisir.

Malheureusement pour lui, elle avait d'autres projets pour la soirée et de toute façon, elle n'appréciait pas qu'on lui souffle ainsi le chaud et le froid.

— Non, c'est gentil mais ce soir je dois visiter des appartements. Est-ce que tu sais où je peux prendre le bus pour me rendre à Moscow Street ?

— Le… bus ?

Il avait prononcé ce mot comme si elle avait dit une grossièreté. Cécile hésita une seconde. Est-ce qu'elle s'était mal exprimée ? Avec son accent, parfois, on prenait un mot pour un autre. Mais Josh continua, voyant qu'elle n'éclatait pas de rire en s'écriant « poisson d'avril ».

— Tu ne vas pas prendre le bus, enfin, c'est plein de… gens ! Avec ces talons, en plus ?

— Et alors ? Je ne suis pas en sucre et je n'ai pas les moyens de circuler en taxi, qu'est-ce que tu crois ?

— Je vais te déposer. Je suis garé au parking des visiteurs, au sous-sol.

— Non, Josh… Ce n'est pas la peine ! Je… vais me débrouiller.

— Ne dis pas n'importe quoi. Je vais te déposer, pas question que tu traverses la ville, serrée au milieu des gens qui puent.

C'était sans appel, et alors qu'elle s'apprêtait à protester, il lui saisit le poignet pour l'attirer dans l'ascenseur qui menait au parking. Cécile se débattit mollement. Elle avait mal aux pieds, et la perspective d'effectuer ce trajet dans un véhicule climatisé n'était pas pour lui déplaire, on n'allait pas se mentir.

Mais elle ralentit en voyant la voiture dont les phares clignotaient à leur approche. Qu'est-ce que c'était que cet engin ?

Dixon se retourna pour voir ce qui la retenait.

— Tu es sérieux ? dit-elle alors, au bord de l'hilarité. C'est ta voiture ?

— Je… oui. Elle ne te plaît pas ?

La jeune femme retint un fou rire. Elle se tenait devant une Jaguar F-Type anthracite aux courbes effilées, une voiture de sport comme elle n'en avait jamais vue. Une vraie bagnole de branleur.

L'aura de Dixon en prit un coup et elle se fit violence pour ne pas lui demander s'il avait un truc à compenser.

On aurait dit une *batmobile*, c'était à son sens d'un mauvais goût absolu. Mon Dieu, les Américains ne cessaient pas de la surprendre.

— En fait, sourit Cécile en choisissant soigneusement ses mots, elle te ressemble, cette voiture. Elle te correspond bien.

— Merci du compliment, je suis content qu'elle te plaise.

Bien sûr qu'il n'avait pas saisi l'ironie. Il devait adorer sa voiture, elle lui avait sûrement coûté un an du salaire de Cécile, et il la trouvait certainement exceptionnelle. Et voilà que « elle est à ton image » laissait entendre que la jeune Française était sous son charme.

Un instant, cette dernière lui envia son assurance et son audace. Avec seulement la moitié de son égo, elle déplacerait des montagnes.

Le trajet se déroula sans incident. Cécile se rongeait les ongles en rêvant d'une cigarette, tandis que Dixon faisait rugir le moteur aux feux rouges comme pour l'impressionner. Il était épuisant, un vrai coq en parade. Hier odieux, aujourd'hui dragueur. À ce rythme, dans une semaine, il aurait rempli le bingo du parfait connard.

Josh ralentit en approchant de Moscow street, une rue résidentielle bordée de petites maisons colorées à un seul étage.

— C'est quoi comme appart ? demanda-t-il à Cécile, qui cherchait le numéro 680 sur les façades.

— Une colocation.

— Sérieusement ? Mais c'est pour les étudiants ! Tu ne préférerais pas avoir un appartement seule ?

Qu'il était agaçant ! Cécile leva les yeux au ciel :

— Si, évidemment que la collocation n'était pas mon projet. Mais les loyers ne me permettent pas de faire autrement, qu'est-ce que tu crois ? C'est ça ou aller me loger à San José !

— C'est une colocation de filles, au moins ?

Cette fois-ci, c'en était trop.

— Arrête la voiture, ordonna Cécile.

— Comment ?

— Je te dis d'arrêter la voiture, je descends ici. Je continuerai à pied.

Son ton était si froid que Joshua s'exécuta, et se rangea sur le bord de la route. Il haussa les sourcils d'un air éberlué :

— Qu'est-ce que j'ai dit ?

Cécile ne répondit pas tout de suite, jeta son sac sur son épaule et ouvrit la portière. Une fois sur le trottoir, elle se pencha vers l'intérieur :

— Écoute-moi bien, Dixon. Tu n'es pas mon père, tu n'es pas mon mari, tu n'es même pas mon pote. Je n'aurais pas dû accepter que tu me déposes. Je n'ai aucun compte à te rendre et tu peux garder tes commentaires sur ma vie privée. On va bosser ensemble, et je t'ai montré cet aprèm que j'ai ma place dans cette entreprise, et à ce poste. Alors en dehors des heures de boulot, tu ne te mêles pas de ma vie. Bon retour chez toi.

Elle claqua la porte.

Après quelques instants, la voiture démarra dans un vrombissement de moteur, abandonnant Cécile. Elle haussa les épaules… Bon débarras.

Restait à trouver la maison correspondant à l'annonce.

*Chambre à louer en colocation, homme ou femme accepté, 12 m², salle de bain privée, cuisine et séjour communs, jardin 50 m², pour étudiants ou jeunes actifs, non-fumeur, pas d'animaux.*

La jeune femme songea amèrement qu'avec le loyer de cette seule chambre, elle aurait une maison entière en région lyonnaise… Mais le temps de transport quotidien pour venir bosser dans la baie de San Francisco aurait été contre-productif !

Elle sourit à sa propre blague. Haut les cœurs ! Le quartier avait l'air calme et propre. Restait à espérer que ce soit également le cas de celui qui avait passé l'annonce : un dénommé Dennis Bakari.

Cécile descendit la rue quelques minutes, regrettant de ne pas avoir une paire de ballerines dans son sac. Ses talons n'étaient pas adaptés pour randonner le long des avenues !

Enfin, elle aperçut le numéro 680. Elle jeta un coup d'œil à son portable : elle était en avance. Normal… Le rendez-vous avait été pris pour qu'elle puisse s'y rendre en transports en commun depuis les locaux d'Herion, pas en bagnole de course.

Après une hésitation, la jeune femme décida d'envoyer un texto.

*« Bonjour, je suis Cécile Pasteur, pour l'annonce de location. Je suis en avance, est-ce qu'on peut effectuer la visite maintenant ? »*

Elle ne reçut pas de réponse, mais après quelques instants, la porte de la maison s'ouvrit.

— Salut, fit un jeune homme avec un signe de la main. Tu dois être Cécile ! Je suis Dennis, entre donc.

Dennis s'écarta pour laisser entrer Cécile et lui indiqua la salle de séjour. C'était une grande pièce en longueur, ouverte au nord sur la rue et au sud sur un petit jardin.

Cécile prit place sur le bord du canapé, déposant son sac à ses pieds.

Dennis paraissait plus jeune qu'elle, la dépassait de quelques centimètres, et avait la peau d'un beau brun chaleureux. Ses lèvres épaisses s'étiraient en un charmant sourire et ses yeux étaient doux.

— Quel est le protocole ? demanda Cécile pour rompre le silence. C'est la première fois que je fais un entretien pour louer une chambre.

— Ah bon ? s'étonna le jeune homme. Tu es nouvelle dans la région ?

— Oui, je viens de débuter un nouveau job. Je suis dans un AirBNB pour le moment.

— Félicitations pour le job, et bienvenue à San Francisco, alors. Tu arrives de loin ?

— De France.

— Wow, ça fait une trotte ! L'Europe, c'est classe ! La tour Eiffel, Harry Potter, les valses de Vienne…

C'était rigolo, cette façon qu'avaient les Américains de se figurer l'Europe comme une sorte de parc à thème géant. Dennis évoquait tout ça comme il aurait dit « galaxy's edge » ou « adventure land ». Mais Cécile pouvait-elle l'en blâmer ? Tous les Français à qui elle avait annoncé son départ pour les États-Unis avaient réagi de manière similaire : « Ah, les USA, c'est la classe ! La statue de la Liberté, le Grand Canyon, les Cow-boys… »

Ils discutèrent longuement, autour d'un verre de soda.

Cécile découvrit qu'ici, les colocataires étaient sélectionnés sur CV : salaire, religion, addictions, casier judiciaire… Elle songea qu'établir un contrat de mariage devait être moins contraignant.

Elle mentit sur la cigarette. L'annonce spécifiait bien « non-fumeur » et après tout, elle avait arrêté depuis – elle consulta son téléphone – plus de trente heures !

Dennis lui fit visiter, et la chambre lui plut. Lumineuse et propre, meublée, avec une petite salle de bain équipée d'une douche italienne. Elle pouvait emménager dès le lendemain, c'était parfait. Peut-être que les choses allaient s'arranger, finalement.

# 6.

— Tu as pris l'appartement ? lui demanda Dixon, lorsqu'elle le croisa le lendemain, chez Momo's.

— D'abord, « bonjour » et ensuite : *none of your business*[2].

Passer chez Momo's avant de monter au bureau n'allait pas tarder à devenir son rituel incontournable, elle le sentait. Dommage que ça soit aussi celui de Josh.

Il ne buvait pas de café et commandait un thé Darjeeling noir, sans sucre ni lait, dans sa tasse personnelle : une sorte de godet de grès noir, plus haut que large, orné d'un triple liseré argenté. C'était cette même tasse qu'elle avait manqué de casser en la percutant de son sac, le jour de son arrivée.

— Tu pourrais faire l'effort d'être aimable, Cruella. J'essaie simplement de faire la conversation.

— Tu me demandes d'être aimable et tu m'appelles Cruella dans la même phrase ? répondit Cécile, désormais plus affligée qu'agacée par l'attitude de son partenaire.

Elle le fréquentait depuis trois jours et il lui semblait déjà avoir fait le tour du bonhomme. En dehors de sa belle gueule, il ne méritait pas qu'elle lui prête attention.

Ils payèrent et se dirigèrent vers l'entrée du building. Leurs badges bipèrent à l'unisson alors qu'ils franchissaient les portillons d'entrée.

— Des nouvelles d'Herion ? demanda l'ingénieure en sirotant son café brûlant du bout des lèvres.

---

2. "Pas tes oignons "

— J'ai un message de ce matin. Ils ont apprécié notre démo du logiciel. Ils sont partants pour un POC.

Cécile ne répondit pas tout de suite. Un PoC, « proof of concept » dans le jargon, signifiait que le client demandait à ce que le logiciel soit testé en situation, sur ses bases de données. C'était bon signe, Diatomir remportait les marchés dans plus de 85 % des cas où ils en arrivaient à cette étape. Par contre, ça signifiait qu'un ingénieur dédié allait consacrer trois mois de son temps à adapter le code à leurs spécificités…

Et dans ce cas précis, ce serait une ingénieure. La prime mirobolante de Dixon reposait désormais sur les seules épaules de Cécile. Elle leva les yeux de son café et fit à Josh un sourire angélique :

— Félicitations ! Tu vas toucher un paquet de pognon si tu gagnes ce contrat. Tu comptes faire quoi avec ta prime ?

— Je ne sais pas encore, répondit ce dernier, pris de court par la question. En vrai, j'aimerais trouver un appart plus grand et plus central. Quelques centaines de milliers de dollars tomberaient à pic pour décrocher un emprunt.

— C'est sûr. Ce serait dommage que le projet soit lamentablement foiré par une connasse d'ingénieure débutante…

Quinte de toux. Dixon en avait recraché son thé sur les portes de l'ascenseur. Lorsqu'il tourna des yeux indignés vers Cécile, elle sirotait sa boisson chaude en battant des cils.

— Tu n'as pas intérêt à… commença-t-il,

Mais les portes s'ouvrirent et Cécile quitta la cabine d'une foulée guillerette.

— Bonne journée, Josh !

Comptait-elle lui échapper après avoir lâché cette bombe ?

Il lui enjamba le pas, déterminé à mettre au clair cet odieux chantage, mais elle s'était dirigée droit vers la salle de pause et il l'entendit saluer joyeusement les salariés réunis autour du babyfoot.

Du coin de l'œil, Cécile observa Dixon s'arrêter à l'entrée de la salle et tourner les talons. Elle jubilait, ravie de son petit effet. Ce contrat valait des millions, sur lesquels Dixon escomptait une prime de 10 %. L'enjeu était énorme, et tout dépendait d'elle, à présent.

Elle aurait dû s'en inquiéter, mais au contraire, elle se sentait galvanisée. La vulnérabilité soudaine de Voldemort – Cruella et Voldemort, quelle équipe ! – lui donnait une pêche d'enfer. De vrais vases communicants !

Son téléphone vibra alors qu'elle faisait semblant de s'intéresser aux performances d'Emmitt au babyfoot.

C'était un texto de Josh.

*Si tu foires ce dossier, tu perdras ton job. Adieu la carte verte.*

Oh, que c'était mesquin.

Mais étrangement, ça n'effraya pas la jeune femme. Au fond, elle se moquait bien de ladite carte verte. Elle avait fui la France à cause d'une blessure d'amour, une blessure d'orgueil. Bien entendu, elle serait déçue et humiliée de devoir rentrer sur un échec après quelques mois seulement, mais qui lui en voudrait ?

Son père et ses amies en France seraient ravis de la retrouver.

Sa sœur… au diable sa sœur !

Diatomir inc. ? Elle reprendrait son contrat français, ou déménagerait à Paris pour commencer une nouvelle mission dans une nouvelle start-up. Elle ne finirait pas à la rue.

Dixon la prenait pour une immigrée politique, ou une femme vulnérable, en situation précaire ; il commettait l'erreur de lourdement la sous-estimer. Pour un commercial, censé flairer les gens, il manquait cruellement de discernement.

— Te voilà bien souriante, dit Zaina en entrant dans la pièce. Ça change d'hier ! Tu as trouvé un appart ?

Cécile avait presque oublié l'appartement, mais son sourire s'élargit à cette idée.

— Oui ! J'ai signé le contrat de colocation hier soir, c'est une maison très agréable sur Moscow Street. Le propriétaire s'appelle Dennis, il est consultant en cybersécurité. Je crois qu'on va bien s'entendre, il a l'air vraiment sympa.

— Ça fait plaisir de voir que tu reprends du poil de la bête. Le démarrage peut être épuisant…

— Oui, et c'est pas fini. Maintenant je dois emménager et gérer le PoC pour Herion en même temps !

— Ça va aller ? Tu es confiante ?

— En fait… oui. La problématique est touffue, mais moins risquée que Square Corp. Je crois que j'ai ce qu'il faut pour le faire… À condition que Dixon ne vende pas n'importe quoi, évidemment. Je ne suis pas magicienne, non plus.

— Je te le souhaite ! Si tu lui gagnes ce contrat, il te paiera sûrement un super restau. C'est quelqu'un qui sait se montrer généreux, quand il veut, tu verras.

Cécile s'abstint de répondre qu'avec 10 % de prime sur le contrat, il aurait de quoi lui payer une voiture de sport, à elle aussi. Le restau, en comparaison, c'était petit joueur.

Mais Zaina n'avait probablement pas besoin d'entendre tant de cynisme de si bon matin.

À la place, Cécile suggéra :

— J'ai pris mes affaires de sport. Ça te dit de me montrer ton circuit ce midi ?

— Je n'avais pas prévu de courir ce midi, mais si tu veux, oui. Je ne vais pas te poser un lapin tous les jours, tu vas finir par croire que j'essaie de t'éviter. On peut aller jusqu'à la côte et retour, si tu veux. Tu cours à quel rythme ?

« *Je suis fumeuse et je n'ai plus couru depuis mille ans* » aurait voulu répondre l'ingénieure, mais elle ravala ces paroles amères. Pas question de se dégonfler !

— Ça fait longtemps que je n'ai pas couru, avec mon déménagement et tout ça. Mais je faisais du 6,5 minutes au kilomètre, avant.

Demi-mensonge et euphémisme, elle eut presque honte.

« Avant », c'était il y avait déjà plusieurs années.

Avant qu'elle ne se mette à trop travailler, avant qu'elle ne prenne des cachets pour dormir, avant qu'elle n'abuse des cigarettes.

Dans une autre vie.

— D'accord. Je ferai en sorte de ne pas courir trop vite. Je fais plutôt 6 ou 6,1. Avec un peu d'entraînement, tu suivras sans problème.

— Super ! J'ai hâte.

Elle oubliait seulement un léger détail, une erreur digne d'une touriste : San Francisco n'était pas exactement ce qu'on appelle... « un terrain plat ».

# 7.

— Mais quelle idée à la con !

Cécile s'effondra, étendant ses bras sur l'herbe. Dennis fit demi-tour pour la rejoindre.

— Alors quoi ? On se dégonfle ?

C'était pire que ça. Ses poumons étaient en feu. Elle avait envie de fumer, elle n'arrivait pas à respirer, son crâne et sa gorge lui faisaient mal. Elle demeura allongée sur le dos, contemplant la brume éternelle qui remontait de la baie et noyait la ville.

— Il va falloir te relever, princesse, parce qu'on a cinq bornes pour rejoindre la douche !

— Je sais. Je pense que je vais mourir ici. Abandonne-moi.

Dennis s'approcha, soufflant fort.

Après quelques séances du midi en compagnie de Zaina, Cécile, écrasée de travail, avait opté pour un rendez-vous hebdomadaire unique, et n'avait pas tardé à proposer des séances nocturnes à son colocataire pour compenser.

— C'est quoi cette ville ? Pourquoi ça monte comme ça ? Mais qui peut faire du sport dans ces conditions !

— Le long de la côte, c'est altitude zéro, par définition. Y'a quand même moyen de faire du plat.

— Mais sans blague, encore faut-il y arriver, à la côte ! J'ai l'impression d'escalader l'Aiguille du Midi à chaque fois que je mets un pied dehors !

— Tu manques d'entraînement, c'est tout. Allez, on y retourne.

Fuck. Maudites soient les 15 années d'encrassement de ses poumons ! Cécile n'était pas sûre d'avoir la force de se relever.

Dennis la tira par la main, et tous deux repartirent à petites foulées. Comptant ses inspirations-expirations, Cécile se concentra sur la tâche du lendemain, et de la semaine à venir.

Adapter le logiciel au besoin spécifique du client pour le PoC. Respecter les différents degrés de confidentialité des informations ; reproduire les configs mises en place pour un labo pharma concurrent afin d'obtenir une démo quasi complète plus rapidement. Elle pouvait effectuer ces tâches de chez elle, du bureau, ou directement chez le client. Inspirations, expirations.

La maison était en vue ; elle accéléra imperceptiblement.

Ce qu'elle avait envie de fumer ! Quelle idée stupide d'arrêter aussi brutalement, sur un caprice, au premier jour de son arrivée au bureau !

Sa nervosité passait par d'autres canaux : elle se rongeait les ongles, une manie très mal vue en milieu professionnel. Elle devrait s'en faire poser des faux pour ne pas passer pour une souillon. Elle évitait le café, qui s'accompagnait rituellement d'une cigarette, elle mâchait des chewing-gums à longueur de journée pour ne pas se jeter sur les chips.

Et surtout, elle était irascible... Elle avait envie d'étrangler tout le monde. Au moins, Dixon se tenait à carreau ! Il avait fini par comprendre qu'il valait mieux avoir son ingénieure à la bonne, s'il espérait toucher sa prime grassouillette.

Quant à Dennis...

Il courait devant elle, et le regard de Cécile glissa sur le corps de son colocataire, comme son t-shirt trempé de sueur lui collait à la peau. Elle voyait rouler ses omoplates et sa peau brune briller au soleil.

Ils s'entendaient bien, tous les deux. Elle avait eu de la chance de tomber sur lui. Quelque chose lui disait qu'ils ne tarderaient pas à devenir meilleurs amis. Il travaillait comme consultant en cybersécurité, un métier très demandé dans la Silicon Valley, et gagnait bien sa vie… Assez pour acheter une maison dans ce quartier résidentiel ; et pas assez pour la payer vraiment, si bien qu'il lui sous-louait une chambre, et ce n'était pas donné. Les Américains étaient pleins de contradictions !

Il entra sans l'attendre, sans doute pour filer sous la douche.

Lorsque Cécile arriva à son tour, elle trouva ses chaussures de running jetées en travers de l'entrée et son t-shirt en boule sur le canapé. Il était chez lui après tout ; Cécile n'était que sa locataire.

Elle s'enferma dans sa propre salle de bain pour se laver rapidement. Lorsqu'elle en ressortit, portant un short et les cheveux emprisonnés d'un turban de serviette éponge, Dennis lui tendit une bière.

— J'ai commandé une pizza et je pensais chercher une série sur Netflix. Tu regardes avec moi ?

Elle prit place sur le canapé, savourant sa bière.

C'était une Corona, il avait même glissé une tranche de citron vert dans le goulot.

Elle aimait la Corona. C'était la bière qu'elle buvait avec Tom, en France.

Soudain, les souvenirs déferlèrent. Son retour de Californie en février, sa sœur dans l'appartement de

Tom Leroy... La conversation innocente, les silences embarrassants. C'était le goût de la bière, qui était lié, comme la saveur de la madeleine de Proust, à toutes les sensations de cet instant charnière dans sa vie.

Quand elle avait failli surprendre son copain et sa sœur en flagrant délit. Quand ils avaient menti avec aplomb. Quand Claire avait dit à leur père qu'elle était rentrée à Bruxelles depuis deux jours alors qu'elle s'était réfugiée dans les bras de son amant, à trente kilomètres.

Quand Tom s'était précipité derrière Claire, soi-disant pour l'aider à charger sa voiture, et qu'il avait mis trop de temps à remonter dans l'appartement.

— Est-ce que ça va ? demanda doucement Dennis en lui touchant l'épaule. Tu es toute pâle.

Cécile réalisa alors qu'elle pleurait.

Lentement, elle se laissa aller dans les bras du jeune homme. Elle avait affronté tant de tempêtes ces dernières semaines qu'elle était éreintée. Elle avait besoin d'un support, d'un ami sur lequel prendre appui.

— Tu veux m'en parler ? demanda doucement Dennis.

Cécile sanglota un moment, sans répondre. Pourquoi est-ce que ça faisait si mal, parfois, sans prévenir ? Comme une gifle lancée par surprise, qui la laisserait la peau cuisante et le souffle coupé.

— J'avais un fiancé, en France... C'était... L'homme de ma vie. On se connaissait depuis le lycée, et même si ça nous a pris des années pour être ensemble, j'avais toujours imaginé que je l'épouserais.

— Il est mort ? dit le jeune homme, avec une expression épouvantée.

— Pire...

Elle releva la tête pour observer la réaction de son colocataire.

Oui, « pire ». Au fond, elle aurait préféré que Tom Leroy soit mort. On l'aurait pleuré et elle aurait eu du soutien, au lieu de l'humiliation qu'il lui avait fait subir.

— Il m'a trompée avec ma sœur, dit-elle enfin.

Ça lui fit du bien de raconter son histoire à quelqu'un. La blessure quittait son âme au fil des mots qui quittaient sa bouche. Dennis l'écouta en silence.

— J'ai été trompé par mon ex, aussi, raconta-t-il à son tour. Elle filait sur Tinder pour des « coups d'un soir » parce qu'elle avait besoin de diversité… C'est ce qu'elle m'a dit quand j'ai fini par comprendre. On habitait ensemble ici, je l'ai virée… et depuis j'ai des colocs parce que je ne peux pas payer cette maison tout seul.

— Désolée pour toi… Je sais ce que tu ressens.

— Ouais. C'était pas facile. Et ta sœur, tu la vois encore ?

— J'ai déménagé à 9000 kilomètres pour m'assurer de ne plus la voir. Je ne sais pas ce qu'elle fait, je suppose qu'elle roucoule dans les bras de Tom. Elle a eu l'audace de me dire que ça faisait treize ans qu'ils étaient ensemble, comme si mon histoire avec lui avait été un incident de parcours dans leur histoire à eux. J'ai jamais été aussi humiliée de ma vie.

Elle s'essuya les yeux avec un mouchoir en papier que lui tendait Dennis :

— Mais ici, c'est tellement difficile… je suis crevée. Je me demande si c'était une si bonne idée de partir à l'autre bout de la Terre pour me jeter dans ce panier de crabes, où mon partenaire professionnel est un vampire assoiffé de sang, mon loyer coûte le prix de quatre maisons à Lyon, et les vacances sont une légende urbaine.

— Tu as besoin d'aide pour le loyer ?

— Non, je peux le payer, mais… ça me rajoute de la pression au boulot. Je pourrais perdre mon job et rentrer en France, mais ça serait juste pathétique. Un échec de plus. Mon père me croit forte, ma mère me croyait forte… Ma sœur me méprise et mon ex a pitié de moi. J'ai tellement besoin d'une pause. Je suis fatiguée.

— Peut-être que ce que pensent les gens là-bas n'a plus d'importance et que tu dois te créer de nouvelles relations ici. Je suis là, moi, et je suis heureux au fond, parce que sans tous ces malheurs, tu ne serais pas ici dans mes bras.

Cécile ne répondit rien. Le tour que prenait la conversation, et les bras de Dennis autour de ses épaules, la mirent mal à l'aise.

— Peut-être que c'est le destin ? souffla-t-il alors, en l'embrassant sur les lèvres.

# 8.

Cécile passa les jours suivants dans une sorte de brume. Elle se concentra sur son travail en mâchant du chewing-gum et s'empêcha de fumer, troublée par le baiser qu'il lui avait donné.

Elle l'avait laissé faire, puis l'avait repoussé.

Il s'était excusé, elle avait balbutié que ce n'était pas grave, et elle s'était enfermée dans sa chambre, porte close.

C'était la maison du projet conjugal de Dennis avec son ex, la fille-au-tinder... Est-ce qu'il projetait son couple raté sur elle ?

Est-ce qu'il lui plaisait ? Souhaitait-elle une relation avec Dennis ?

Il était beau gosse, il sentait bon, il faisait du sport, il avait un bon job, et ne s'était jamais montré vulgaire ni agressif.

Il avait tout ce qu'il fallait pour faire un parfait conjoint. *Boyfriend material*[3].

— À quoi tu penses ? demanda Zaina en soufflant sur son bol de nouilles sautées.

— À mon coloc... Il m'a embrassée.

Zaina leva les yeux :

— C'est une bonne chose ou pas ? Tu n'as pas l'air contente. Il t'a agressée ?

— Non, pas d'agression. Simplement, je ne suis pas prête. C'est trop tôt. Je sors d'une rupture, je suis venue en

---

3. "Petit copain potentiel "

Californie pour changer de vie. Je ne veux pas de relation pour le moment, ni avec lui ni avec personne.

— Et qu'est-ce qu'il a répondu ?

— Je ne lui ai pas dit. Je ne lui ai plus parlé depuis. Je l'ai évité tous les matins et tous les soirs, j'ai un peu honte. J'ai peur qu'il le prenne mal et que ça gâche notre amitié.

— Je vois. C'est vrai que les mecs se font une montagne de la friendzone…

— Mais ce n'est pas contre lui ! J'ai été trompée par mon ex, je ne veux pas de mec. Je veux penser à moi, tu comprends ?

— Je comprends, mais tu devrais le lui dire. Parle-lui sincèrement, il comprendra.

Cécile hocha la tête avec si peu de conviction que du manche de la fourchette, Zaina la contraignit à relever le menton :

— Il faut le lui dire, Cécile. Tu ne pourras pas l'éviter éternellement. Vous habitez ensemble !

— Je sais… justement. Je n'ai pas besoin de ça en ce moment. Je voudrais juste avoir la paix, me tenir loin des hommes et des problèmes qu'ils apportent, et me concentrer sur mon boulot.

— Tu veux que je lui dise, moi ?

— Toi ? Comment ça ? Tu ne le connais pas, si ?

— Pas besoin, sourit Zaina. Tu me donnes l'adresse, je viens en tenue de course pour t'inviter à courir avec moi, il ouvre la porte, et je lui explique que tu as besoin de soutien, pas d'un *boyfriend*. Et s'il râle, je lui pète les genoux et tu viendras dormir sur mon canapé. Qu'est-ce que tu en penses ?

Cécile sourit. Une amie, c'était ce qui lui avait le plus manqué, dans ce tourbillon !

— Laisse tomber, ça va aller. Je vais lui parler. Mais merci.

— Et l'ex-infidèle ? Il faut que j'aille lui casser les genoux aussi ?

Aaaah quelle idée merveilleuse ! Envoyer une Américaine survoltée pour attendre Tom-le-vétérinaire à la sortie de son cabinet et lui casser les os à la batte de baseball. C'était si tentant ! Il faudrait choper Claire aussi. Ils auraient des lits adjacents dans leur chambre d'hôpital et pourraient médire sur elle de tout leur soûl.

Bon finalement, c'était une mauvaise idée.

— Tant pis pour l'ex. Mais merci d'avoir proposé !

— De rien, préviens-moi si tu changes d'avis.

Elles rirent, et Cécile se détendit, ravie de se laisser aller au plaisir simple d'une vengeance de fiction, avec une copine bienveillante.

— Tu as un copain, toi ? demanda-t-elle en attaquant son déjeuner.

— Non. J'ai largué ma copine il y a deux mois environ. Pas de tromperie. Simplement, on n'avait plus rien à se dire. Depuis j'ai des coups d'un soir sur Tinder, mais rien de sérieux.

Cécile rougit, prise de court par la « copine », mais s'abstint de tout commentaire.

— Ça ne te manque pas ? La complicité, l'amour ?

— Non, pas pour l'instant. J'espère bien trouver la femme de ma vie un jour, avoir des enfants et tout ça, mais je ne suis pas pressée. Je crois qu'on se met trop de pression sur ces trucs. Alors je profite de ma liberté.

— Ta partenaire idéale, elle serait comment ?

— J'en sais rien… pas pénible ? Une femme libre, qui aime librement, et qui se moque des injonctions. Et toi ? Ton homme idéal, il ressemble à quoi ?

Cécile ne s'était jamais vraiment posé la question. L'homme de ses fantasmes avait toujours été Tom Leroy, d'aussi loin qu'elle s'en souvienne. Il fallait maintenant rayer ce spécimen du catalogue et s'en trouver un nouveau.

— Quelqu'un qui n'attende pas de moi que je sois la femme idéale, je suppose ? J'ai consacré les dix dernières années à tenter de me transformer en la femme que je pensais qu'on voulait que je sois. Sois forte mais vulnérable, sois belle mais pas vulgaire, sois intelligente mais pas prétentieuse, gagne de l'argent mais pas trop… Quand j'y pense, ça ne m'étonne pas d'avoir eu besoin de tellement de cachets pour tenir. C'est à devenir folle, toute cette pression.

— Mais ton ex t'a vraiment demandé ça ?

— En fait, non… Il ne m'a jamais rien demandé, en vrai. Je crois que je sentais qu'il ne m'aimait pas autant que moi je l'aimais, et j'ai lutté, des années durant, pour essayer de lui plaire. Peine perdue. Finalement, il était amoureux de ma sœur depuis le début. Je n'étais pas la bonne Pasteur.

Zaina ne répondit pas tout de suite, savourant son plat. Finalement, elle observa :

— Tu as raison, ce dont tu as besoin, c'est d'une pause. Ne pas chercher à plaire, ne plus faire de concession. Si tu vis sans concession et que tu plais telle quelle à quelqu'un, alors il sera temps d'envisager le couple.

— J'ai surtout l'impression que ne pas faire de concession, c'est la garantie de finir célibataire. Et malgré Tom Leroy, malgré ma sœur, malgré le besoin de faire « une pause », comme tu dis… je n'ai pas envie de vieillir seule. Je voudrais quelqu'un pour me tenir la main sous mon plaid de tricot.

— Tu serais étonnée ! Peut-être qu'il y a quelqu'un, que tu croiseras un jour, qui aurait besoin d'une fille qui prend son bien-être personnel au sérieux et qui n'a aucune envie d'abandonner son âme pour se transformer en poupée.

— Je ne sais pas s'il existe un homme prêt à tolérer une casse-bonbons dans mon genre. Il faudrait qu'il soit maso. Les hommes aiment qu'on leur serve des petits plats, non ?

— C'est un cliché sexiste, ça. Je m'attendais à mieux de ta part.

Cécile leva les mains en signe d'impuissance :

— Okay, cliché sexiste. J'ai passé ma vie à tenter de correspondre à de tels clichés, tout ça pour quoi ? Finir larguée, humiliée et brisée.

— J'aurais pas dit ça de toi, moi. J'ai plutôt l'impression que tu habites la plus belle ville du monde, que tu as un job prestigieux et exigeant, et que tu mènes ta vie tambour battant. Si c'est ce que tu as gagné pour avoir échoué à être une poupée, je dirais que tu n'as pas perdu au change…

L'ingénieure rougit.

— Merci… C'est la première fois qu'on me dit un truc aussi gentil.

— C'est la vérité, et je le pense sincèrement. Je pense aussi que tu accordes trop d'importance à l'avis des gens sur toi. Commence à en avoir rien à fiche, et tu vas voir, tu seras respectée pour ça.

— Je ne suis pas sûre que Dixon me respecte, alors que je n'arrête pas de lui rentrer dedans. Au contraire : il est odieux.

— Dixon ne fonctionne qu'au rapport de force. S'il a le sentiment que tu es vulnérable, il va perdre tout respect pour toi. Bienvenue aux États-Unis ! Pourris-lui la vie et tu vas voir, dans une semaine il te mangera dans la main.

Il y avait peut-être de l'idée ! Cécile but une gorgée de soda. Elle pourrait se défouler sur Dixon… Au pire, leur relation ne pourrait guère se dégrader davantage, et au mieux ?

Au mieux… elle verrait bien.

# 9.

Georges Pasteur ne reconnut pas le numéro qui s'affichait sur son portable ; c'était un appel de l'étranger.

Son visage s'éclaira en entendant la voix de sa fille.

— Ma Cécilette ! Comment vas-tu ?

— Ça, va papa. Beaucoup de boulot et beaucoup de stress avec l'emménagement. Je t'ai envoyé ma nouvelle adresse postale par email, l'as-tu reçue ?

— Je n'ai pas regardé. Je... n'ai pas l'habitude de recevoir des emails. Qui m'écrirait ?

— Moi, déjà, comme tu vois. Comment ça se passe avec ton aide à domicile ?

— Ça va plutôt bien. Solange est très gentille, elle vient tous les matins m'aider à faire ma toilette et préparer le déjeuner. Elle me laisse une boîte à faire réchauffer pour le dîner. Elle fait le ménage, aussi. C'est ce dont j'avais besoin. Claire a tout organisé, tu sais.

« C'est bien la moindre des choses » songea Cécile, qui ravala cette pensée amère pour ne pas chagriner son père.

Le nom de Claire lui avait noué le ventre. Elle sentit ses tempes chauffer.

— Combien ça te coûte, ce service ? Je vais t'envoyer de l'argent. Ne t'étonne pas si tu reçois des virements de l'étranger sur ton compte, d'accord ?

— Tu devrais en parler avec ta sœur, c'est elle qui a établi le budget et qui surveille mes comptes et ma pension de retraite.

— Papa, je ne tiens pas à en parler à ma sœur et crois-moi, il ne vaut mieux pas, pour la sérénité de tout le monde. Tant mieux si elle s'occupe de toi. Après tout, j'ai assuré ce rôle pendant des années, alors qu'elle faisait ses coloriages à l'autre bout du pays et qu'elle n'avait jamais assez d'argent pour venir vous voir, toi et maman, pendant sa maladie.

— Ma chérie, ne dis pas des choses comme ça, gémit Georges au téléphone. C'est une artiste et toi, une femme d'affaires. Vos vies ont toujours été diamétralement opposées. Avant tu étais tout près et elle loin, maintenant c'est l'inverse, c'est comme ça. Vous faites ce qui est bon pour vous.

— Oui, tout l'inverse. Un jour j'habite la région avec mon *boyfriend*, le lendemain elle habite la région avec mon *boyfriend*. Normal.

Georges soupira :

— Ce n'est pas ce que je voulais dire. Je veux dire que je suis heureux que vous trouviez votre voie, chacune de votre côté. Est-ce que ton travail te plaît ?

— En fait, oui. C'est épuisant et difficile, l'équipe est exigeante et sans pitié, mais c'est totalement stimulant. Au moins, je n'ai pas le temps de penser à… tu sais qui.

— Ne pense pas à eux. Pense à toi. Raconte-moi. Tu disais que tu as trouvé un appartement ?

Cécile fut surprise du tact soudain dont faisait preuve son père. Il l'avait plutôt habituée à commettre toutes les gaffes possibles ! Elle sourit. Ça lui faisait du bien, de papoter, en français, avec son papa. Lui au moins l'aimait, sans condition et sans arrière-pensées.

— J'ai pris une chambre dans une colocation. Les loyers étaient trop élevés pour pouvoir me loger seule, ou alors j'aurais dû partir en lointaine banlieue et les transports en commun ne sont pas adaptés, ici.

— Tu as des colocataires ? Est-ce qu'ils font le même travail que toi ?

La conversation se poursuivit tranquillement, apaisée.

Cécile décrivit San Francisco, sa petite maison, sa chambre, sa collègue et désormais amie Zainabu, sa boss Kirsten. Elle parla aussi de Dennis, mais sans donner de détails pour éviter à son papa de se faire des idées, et de Dixon, mais sans mentionner qu'il était son tortionnaire. Elle ne voulait pas qu'il s'inquiète.

Elle ne lui dit pas non plus qu'elle avait arrêté de fumer : il serait trop déçu si elle échouait.

En raccrochant, elle songea finalement qu'elle avait délibérément omis beaucoup d'aspects de cet emménagement à son père. Elle n'alimentait plus les réseaux sociaux pour ne plus retomber dans le cycle du mensonge, mais un seul appel avait suffi pour qu'elle retrouve les bonnes vieilles habitudes : tout enrober de sucre pour prétendre être celle qu'on attendait.

« Tu accordes trop d'importance à l'avis des gens sur toi », lui avait dit Zaina, la veille.

Mais son papa ? C'était différent. Elle ne voulait pas le chagriner, veuf et seul dans sa maison vide, avec pour seul soutien Claire, qui n'était pas réputée digne de confiance. Ironiquement, Cécile avait davantage confiance en Tom Leroy. Il était dans la médecine, c'était quelqu'un de plutôt carré. Tout l'inverse de Claire, l'artiste écervelée qui ne savait même pas faire cuire des pâtes et se nourrissait exclusivement de Haribo… Si cette greluche avait eu à elle seule la responsabilité de leur père, Cécile n'était pas certaine qu'elle aurait osé s'éloigner comme elle l'avait fait.

Elle soupira.

Elle trouvait des excuses à Tom, jamais à Claire. Il était pourtant coupable autant que cette dernière de leur trahison. Il faut être deux, pour baiser ! Pourtant, sa colère se déversait sans fin sur sa petite sœur, mais rarement sur lui.

Au fond, elle n'était pas totalement remise… C'était comme si un morceau de son cœur lui appartiendrait à jamais.

Son téléphone vibra dans sa main aussitôt qu'elle eut raccroché. C'était Dixon.

— Ah, pas trop tôt ! s'exclama ce dernier quand elle prit l'appel. Ça fait une demi-heure que j'essaie de te joindre.

— Fallait prendre rendez-vous. Je ne suis pas à ta disposition.

— Très drôle, Pasteur. Herion a appelé, ils trouvent que le premier jet est correct, mais ils veulent augmenter la base de données et les plug-ins, pour tester l'outil plus en profondeur.

— D'accord, et alors ? Tu leur as fait un devis ?

— Évidemment, ils vont raquer à mort. Mais ce n'est pas la question. Il faut que tu te rendes dans leur data center, à Pomona, pour récupérer les données.

Cécile fronça les sourcils :

— Mais on parle de quel volume de données, là ? Ils ne peuvent pas me donner accès au VPN ? Ça serait encore le plus simple, non ?

— Pas possible, à cause de certaines données confidentielles.

— Et m'envoyer un disque dur par UPS ?

— Idem. Prépare ton sac, il faudrait que tu sois chez eux de mercredi à vendredi.

— Mercredi ? Mais c'est demain !

— Oui. Contacte Emmitt pour te réserver des billets d'avion, un hôtel et une voiture de loc. Je te rejoindrai vendredi pour faire le point avec le client sur l'avancée du projet.

Cécile eut le sentiment d'avoir reçu une douche glacée. Elle devait tout préparer en urgence, bon sang, son plus beau tailleur était au dressing, elle n'avait pas fait ses ongles, et on l'envoyait en première ligne séduire le client dans son data center ?

Pourquoi Dixon ne la rejoignait-il que vendredi ? C'était son job à lui d'être séduisant et présentable !

Fuck, elle avait besoin d'une cigarette pour reprendre ses esprits ! Mais ses clopes étaient dans le tiroir de son bureau, en ville. Pas ici, dans sa chambre, sur Moscow street.

Et d'abord, c'était où « Pomona » ?!

# 10.

Il avait fallu l'aide d'Emmitt pour effectuer les réservations, et un aller-retour au pas de course chez le pressing, mais Cécile se retrouva le lendemain à 8 heures dans un avion reliant San Francisco à Pomona, une ville de Californie du Sud, à une cinquantaine de kilomètres à l'est de Los Angeles.

Sans vouloir l'admettre, Cécile était soulagée de devoir rester loin de chez elle et de son colocataire. Dennis était gentil et bienveillant, mais elle pleurait encore parfois sur Tom. Il était trop tôt pour envisager une relation, avec qui que ce soit. Peut-être plus tard ? S'il savait attendre, s'il lui laissait du temps, elle pourrait tomber sous son charme.

Mais elle n'avait pas de temps pour de telles frivolités. Elle avait un boulot énorme à abattre et un budget pour trois jours de son temps, pas un de plus.

L'ingénieure abandonna assez vite le projet de faire du tourisme. Elle avait espéré pouvoir pousser jusqu'à Los Angeles, Santa Monica, Hollywood ? À la place, elle se retrouva à frissonner sous une climatisation extrême, sans voir le jour depuis l'obscurité d'une salle des serveurs.

— Comment ça se passe, dans le sud ? lui demanda Dixon au téléphone alors qu'elle était sortie quelques minutes pour chercher un sandwich.

— J'ai l'impression d'être une taupe, je vis dans un sous-sol ! J'ai oublié à quoi ressemble la lueur du jour.

— Ça ne tient qu'à toi de sortir de là. Une fois le plug-in en place, tu pourras bosser depuis le bureau sur le reste des données.

— Y'a même pas de réseau là-dessous, on se croirait en prison. Vivement que ça se termine !

— Je sais que c'est pénible. Mais d'après l'appel que j'ai eu cet aprèm, ils sont contents de toi. Tu te débrouilles bien. Reste concentrée et tu vas rendre un boulot du tonnerre. On va remporter le contrat de l'année.

Cécile haussa les sourcils. Est-ce qu'il venait de lui dire un mot gentil ? Un compliment doublé d'un encouragement ? C'était Noël !

— Qui êtes-vous, Monsieur ? Qu'avez-vous fait de Dixon ?

Chose incroyable, il rit. C'était la première fois qu'elle l'entendait rire.

— T'emballe pas, Pasteur, reprit Dixon au bout du fil. Continue de bien bosser. Je passe vendredi saluer le client et ajouter 6 chiffres sur son contrat. Ensuite, on ira boire un verre, d'acc ?

— Quel programme, tu es si généreux. J'ai hâte d'être vendredi alors.

— Ne me fais pas changer d'avis. Allez, reste concentrée. À bientôt.

Il coupa la communication, et Cécile demeura un instant immobile, souriante. Pourquoi est-ce que ça la touchait à ce point ? Elle venait d'avoir une conversation presque normale avec son partenaire… C'était la première fois.

C'était aussi la première fois qu'il s'adressait à elle sans condescendance. Était-elle enfin parvenue à percer sa carapace ? Étrangement, elle avait sincèrement hâte d'être vendredi.

\*\*\*

Hélas, son enthousiasme retomba tandis qu'approchait la date fatidique. Diatomir avait facturé une somme énorme au client pour la connexion de ces nouvelles données au logiciel, avec la garantie que tout serait opérationnel avant la fin de la semaine, pour que leurs propres ingénieurs puissent commencer à manipuler l'outil dans la foulée.

La charge de travail était proportionnelle à la somme payée par le client, et Cécile n'était pas certaine de pouvoir terminer à temps.

Sauf que si elle échouait, elle ferait perdre la face à Diatomir, et à Dixon spécifiquement. Le cessez-le-feu dont elle bénéficiait depuis quelques jours allait tomber à l'eau et la guerre reprendre de plus belle.

Mais cette fois-ci, elle n'aurait plus l'excuse d'être débutante !

Ce vendredi, elle se leva à 5 heures et se présenta au bureau dès 6 heures, dans l'espoir de gagner quelques heures sur le planning. Mais la porte ne s'ouvrit pas : son badge visiteur ne lui permettait pas d'accéder aux locaux en dehors des heures ouvrables. Cécile partit acheter un café, un petit déjeuner, marcher un peu. Elle enrageait de perdre deux précieuses heures sur son planning, et sur un coup de tête, s'acheta un paquet de cigarettes.

Mais elle n'osa pas en déchirer l'emballage en plastique et le jeta au fond de son sac.

Lorsque 8 heures sonnèrent, son badge lui permit enfin de pénétrer dans les locaux. Tout était vide et silencieux, et elle se mit immédiatement au travail.

La journée passa dans un brouillard. La jeune femme leva à peine la tête de son écran, connecté aux machines. Ses doigts étaient glacés sous la climatisation qui soufflait à 16°.

À midi, elle grignota le muffin acheté le matin même ; pas le temps de sortir déjeuner !

Elle fit une grimace en voyant l'heure tourner... Déjà 17 heures. Jusqu'à quelle heure pouvait-elle travailler pour rendre le logiciel à temps ? Elle aurait voulu appeler Dixon, mais ça impliquait de ressortir, car son smartphone ne captait pas de réseau dans ce sous-sol blindé.

Elle sursauta lorsque la porte s'ouvrit et pâlit en reconnaissant la haute silhouette rousse.

Venait-il l'engueuler ?

Mais Dixon n'avait pas l'air agressif et lui tendit un gobelet de café.

— Qu'est-ce que tu fais là ? demanda Cécile, effarée.

— Je t'avais dit que j'avais rendez-vous cet après-midi. On a fait le point sur l'avancée du produit, avec le client. T'as assuré, bravo. J'ai pensé que tu apprécierais un café chaud, dans ce frigo.

– *My God*[4], tu n'imagines pas à quel point ! Merci ! Je meurs de faim et de froid.

Lorsqu'elle saisit le gobelet, leurs doigts s'effleurèrent. Dixon arrivait de la surface, où régnaient des températures normales. Sa main parut brûlante à Cécile, qui retira vivement la sienne.

---

4. "Mon Dieu "

— Tu as bientôt terminé ? demanda Dixon, en observant les environs, avec l'air de celui qui s'ennuie déjà.

— Ne me dis pas que tu es déjà lassé de ce sous-sol ! J'y suis depuis trois jours, je pense me transformer en glaçon sous peu.

— Je te paie une *soupe à l'oignon* en sortant si tu veux. Ça te réchauffera. Combien de temps il te faut ?

Il avait dit « soupe à l'oignon » en français, avec un fort accent. Cécile sourit. C'était mignon, cet effort. Il devait s'imaginer que c'était un mets raffiné dont raffolaient les Françaises.

Elle jeta un œil sur l'horloge de son laptop :

— Au moins une heure, sans doute un peu plus. Je fais aussi vite que je peux. On se retrouve quelque part à la sortie ? Mon avion n'est que demain soir : j'espérais avoir quelques heures pour passer faire un selfie sur Hollywood Boulevard.

— Je vais attendre avec toi. Après trois jours en prison, tu as bien mérité un peu de compagnie.

Cécile sourit discrètement, en pinçant les lèvres. Trois jours plus tôt, elle aurait préféré mourir de froid et de solitude plutôt que de devoir subir la présence de Dixon-Voldemort. Elle n'aurait pas cru pouvoir apprécier sa compagnie et pourtant, c'était le cas. Elle était contente qu'il soit là.

Josh prit place sur une caisse métallique et tira son smartphone de sa poche, mais Cécile l'entendit pousser un juron. Elle lui lança alors, depuis son poste de travail :

— Pas de réseau ! Il ne te reste plus qu'à jouer à Candy Crush.

— Je vois ce que tu voulais dire, quand tu as parlé de prison…

— J'espère que le client nous paie une blinde, parce que je vais probablement y laisser ma santé. J'ai peur de choper une angine, sous ce courant d'air glacé.

— Il nous paie un paquet, oui. Si on lui rend l'outil à temps…

— Je fais ce que je peux ! s'offusqua Cécile en soufflant sur ses doigts.

Le temps passe vite, quand on est concentrée.

Cécile referma son laptop en poussant un cri de victoire. Josh sursauta ; il s'était assoupi.

— Terminé ! Les technos pourront bidouiller leurs données en toute sécurité, dès lundi matin. Dès demain, même, s'ils veulent. Et moi, je meurs de faim !

La bouche de Josh s'étira, et Cécile songea qu'il avait un joli sourire. Ça lui creusait des fossettes dans les joues et faisait briller ses yeux.

— Kirsten n'avait pas menti, quand elle a dit que tu étais la meilleure. J'aurais pas cru qu'une petite Française puisse faire de la concurrence à nos équipes américaines, mais tu m'as prouvé le contraire. Quelle heure est-il ?

Cécile baissa les yeux sur son téléphone :

— 21 heures ! Désolée, ça a été plus long que prévu.

— 21 heures ! répéta Dixon. Mais on aurait dû finir depuis longtemps !

— Oui ; ben, de rien, si c'est le mot que tu cherches ! rétorqua Cécile, contrariée. C'est moi qui me coltine les heures sup, je te rappelle.

– *Whatever.*[5] Tu as tes affaires ? Allons dîner.

Cécile rangea son laptop dans sa pochette, puis jeta son sac sur son épaule.

— Allons-y, dit-elle, t'as faim de quoi ?

---

5. " Peu importe "

Tous deux quittèrent la salle, qui n'était pas verrouillée de l'intérieur, et Cécile tira son badge pour franchir les portes d'accès suivantes.

Mais au lieu de la petite sonnerie joyeuse et d'un voyant vert, le capteur émit un sifflement et s'illumina en rouge.

Cécile fronça les sourcils, passa de nouveau son badge devant le capteur.

— Je ne comprends pas, balbutia-t-elle. Ça marchait très bien les autres jours !

Josh tira son badge à son tour, mais n'obtint pas d'autre résultat.

La jeune femme rougit, comprenant avant lui :

— Nous avons dépassé les heures ouvrées ! Nos badges sont fonctionnels de 8 heures à 18 heures seulement !

— Tu veux dire… que nous sommes coincés ici ?

# 11.

Josh et Cécile eurent vite fait le tour des lieux : ils étaient bloqués au sous-sol.

Ils pouvaient bien entendu déclencher les ouvertures d'urgence, celles utilisées en cas d'incendie par exemple. Mais cela provoquerait une intervention des pompiers, et probablement, une amende conséquente pour fausse alerte. Et ça, c'était le meilleur scénario : si la police intervenait, ils étaient bons pour passer la nuit au poste.

— Est-ce que tu arrives à joindre quelqu'un ?

— Personne. Je ne capte aucun signal.

— Moi non plus, gémit Cécile.

— Merde ! s'écria Dixon en frappant du poing contre le mur.

Il se retourna soudain, les dents serrées. Cécile prit peur et recula.

— Tu ne pouvais pas faire attention ? T'es pas bien, de bosser jusqu'à des heures pareilles !

— Hey ! s'écria Cécile, qui avait retrouvé son sang-froid. Qui a promis au client que le plug-in serait opérationnel dès lundi matin ? Qui a signé un malus financier improbable si ce n'était pas le cas ? C'est pas la gratitude qui t'étouffe !

— Tu aurais dû terminer ce dossier à 18 heures !

— J'ai fait ce que j'ai pu ! J'ai travaillé sans interruption dans cette cave depuis 8 heures ce matin, je ne me suis pas arrêtée pour déjeuner, et j'ai terminé ton foutu plug-in ! Je devrais te facturer mes heures sup' !

Elle était furieuse et se retenait de lui jeter son sac à main à la figure.

Dixon ne répondit rien. Il reluquait le bouton de sortie incendie.

— Quelqu'un va bien nous trouver demain matin, non ? souffla Cécile en se laissant glisser le long du mur jusqu'à s'asseoir à même le sol.

— Un samedi ? Personne ne passera ici d'ici lundi.

Dixon glissa les doigts dans ses cheveux et vint s'asseoir à côté de la jeune femme. Elle avait fermé les yeux.

— Tu as froid ? demanda le commercial.

Sans attendre de réponse, il ôta sa veste et la glissa sur les épaules de Cécile. C'était chaud. Ça lui fit du bien.

— Merci, dit-elle. J'ai froid, oui. Je n'ai rien mangé depuis ce matin, je suis épuisée, et je suis glacée. Mais j'ai terminé le boulot dans les temps.

— Tu as assuré, confirma Dixon d'une voix douce que Cécile ne lui connaissait pas. Excuse-moi d'avoir perdu mon sang-froid, c'est moi qui t'ai mise dans cette situation. Et tu as assuré.

Cécile haussa les épaules sans ouvrir les yeux. Elle avait envie de fumer, ne parvenait pas à détacher son esprit du paquet de cigarettes qu'elle gardait au fond de son sac. Mais fumer serait admettre sa faiblesse, et certainement déclencher les détecteurs… la dernière chose dont elle avait besoin maintenant, c'était d'une douche froide. Littéralement.

— Écoute, reprit Dixon, je vais déclencher l'ouverture d'urgence. Je paierai pour les pompiers, tant pis. Tu as besoin d'un bain chaud, d'un dîner et d'une bonne nuit de sommeil.

— Est-ce que ça fera mauvais genre pour le client ? Est-ce qu'on risque de louper le PoC ?

— Je n'en sais rien. Je suppose que ça sera possiblement mal vu, et alors ? On ne va pas rester trois jours assis sur ce carrelage.

— Ça me ferait mal, d'avoir tant bossé pour louper ce contrat, chuchota Cécile. Kirsten va peut-être me virer, si je plante ce dossier, parce que je n'ai pas su coder assez vite et que j'ai provoqué un incident diplomatique chez le client de l'année.

Elle soupira, accablée, refusant d'admettre qu'elle n'avait pas d'autre solution. Ressentant une profonde lassitude, doublée d'une pointe de découragement sans doute – sa poisse ne la quittait jamais –, Cécile pencha la tête sur le côté, cherchant l'épaule de Josh. Il écarta le bras pour qu'elle y trouve une place, et elle poussa un profond soupir, ainsi recroquevillée contre lui.

Ils ne dirent rien pendant un long moment. Tous deux savaient qu'ils finiraient par enclencher l'alarme incendie pour sortir, et qu'à moins d'un miracle, ça sonnerait le glas de leur dossier. Aucun n'osait être celui qui appuierait sur le bouton. Ils attendraient que la faim, ou la fatigue, les y obligent. L'adrénaline était retombée, et Cécile eut soudain besoin de dormir. Elle cessa de lutter et se laissa glisser dans une torpeur cotonneuse.

— Elle te manque tant que ça ? murmura Cécile, les yeux clos.

— Qui ça ? demanda Dixon sans comprendre.

— Gwen, celle dont j'ai pris la place. C'était qui, pour toi ?

Le jeune homme ne répondit pas tout de suite.

Avait-elle été trop loin en l'interrogeant ainsi sur ses sentiments pour sa partenaire ? Mais Cécile l'entendit prendre une inspiration :

— C'était une amie. Une ingénieure talentueuse, presque autant que toi. On s'entendait bien et on bossait bien ensemble.

— Vous sortiez ensemble ?

— Te voilà bien indiscrète. Qui t'a raconté ça ?

— C'est ce qui se dit au bureau. On raconte que tu étais amoureux d'elle et que c'est la raison pour laquelle j'ai eu tant de mal à trouver ma place dans l'équipe. Si c'est vrai, je veux que tu saches que je suis désolée… je n'ai jamais eu l'intention de prendre la place de qui que ce soit. Je n'ai pas demandé à prendre son poste. Je ne savais pas que Square Corp était son dossier.

Elle sentit les doigts de Dixon, délicatement, lui caresser les cheveux. C'était un geste doux, probablement involontaire. Elle frissonna.

— Tu n'y es pour rien, dit finalement Josh. J'aimais beaucoup Gwen, c'est la vérité. Mais… elle était mariée. On a eu une aventure, juste une fois. Suite à quoi, elle n'a plus réussi à travailler avec moi. Elle m'a quitté, en quelque sorte. Notre travail s'est dégradé et elle a fini par partir.

Cécile prit le temps d'absorber ces paroles. Par solidarité de victime d'adultère, elle aurait dû juger sévèrement Gwen, qui avait trompé son mari, mais elle n'y parvint pas. Elle ne ressentit que de la tristesse pour Josh, qui était tombé amoureux sans réciprocité possible, et qui avait dû avoir le cœur brisé.

Dans cette histoire parallèle à la sienne, Dixon et Claire tenaient le même rôle, celui de l'amoureux transi condamné au cœur brisé.

C'était étrange, que d'accorder à Claire tant de considération. Jusqu'à maintenant, Cécile l'avait plutôt étiquetée « sale petite arriviste qui lorgne sur mon mec ».

Tout semblait moins évident, soudain.

Elle poussa un soupir.

— J'espère me montrer digne de Gwen. Et j'espère qu'un jour, tu me pardonneras de ne pas être elle.

— C'est moi qui te présente mes excuses. J'ai agi comme un con. Je voulais… tester ta résistance. C'était nul et tu n'as pas mérité ça. Même si tu as ruiné mon costard Armani !

— Et je ruinerai les prochains si tu tentes à nouveau de me tenir en laisse, sourit Cécile en se redressant.

– *Fair enough*[6]. Je vais prendre soin de ne porter que des vieux jeans en ta présence, ce sera plus sûr.

— Ah, c'est plus facile que de remettre en question ton comportement, c'est sûr.

— Tu n'arrêtes jamais ?

— Non, j'ai de quoi tenir jusqu'à lundi matin. Et toi ?

Ils étaient tout près, emportés par leur joute verbale. Cécile sentait contre son épaule le torse chaud de Josh, et contre son dos le bras qui l'entourait, protecteur. Ses yeux glissèrent sur ses prunelles grises, ses sourcils roux, ses dents blanches et ses lèvres qui esquissaient un sourire. Elle n'avait jamais réalisé à quel point il était bel homme. Quel âge avait-il ?

Un ange passa. Josh ne la quittait pas des yeux, la bouche entrouverte. Cécile se détendit dans ses bras, sensible à son souffle contre sa bouche. Son cœur battait fort et elle sentit une douce chaleur irradier son ventre à la seule idée de ce qu'elle s'apprêtait à faire.

---

6. " Ça parait honnête "

Soudain, une double porte s'ouvrit en claquant des battants contre le mur. Cécile sursauta si fort qu'elle en eut le hoquet.

— Qui êtes-vous ? Que faites-vous ici ? s'écria le gardien, son talkie-walkie à la main.

# 12.

Dix minutes plus tard, ils étaient dehors, main dans la main, l'air hébété.

Le gardien faisait sa ronde, et après avoir vérifié leurs papiers d'identité et badges d'accès, il les avait simplement mis à la porte. C'était aussi simple que ça.

Josh avait entraîné Cécile derrière lui en direction de la sortie, comme pour lui éviter de dire une bêtise, ou de commettre une gaffe qui pousserait le gardien à appeler la police.

Lorsqu'ils se retrouvèrent sur le trottoir, Cécile portant la veste trop grande de Josh sur ses épaules, tous deux éclatèrent de rire.

Cécile relâcha la main de ce dernier pour lui rendre son costume.

— Tu as toujours faim ? demanda-t-il en passant la main dans ses cheveux, un geste qu'elle ne lui avait jamais vu faire avant, mais qu'il reproduisait beaucoup depuis le début de cette étrange soirée.

Sans doute un tic trahissant son malaise, ou une forme de timidité ? En tous cas, c'était nouveau, et plutôt charmant.

— J'ai une faim de loup ! s'exclama Cécile. Et je n'ai pas du tout envie d'une soupe à l'oignon ! Je voudrais… Un énorme cheeseburger. Avec du poulet frit !

— D'acc. Prenons ma voiture, on va trouver un fastfood et commander un truc à emporter.

— Pourquoi à emporter ?

— Oh crois-moi, tu n'as pas envie de rester trop longtemps sur place un vendredi soir dans un fastfood miteux d'une banlieue miteuse de Los Angeles…

— Je ne suis pas en sucre, protesta Cécile. Je ne suis pas une délicate princesse, et sache qu'en France aussi, on a des fastfoods et des vendredis soir !

Débattant ainsi, ils étaient arrivés à la voiture de location de Dixon, un SUV à l'imposant volume. Cécile leva les yeux au ciel :

— À quoi ça te sert de prendre des énormes voitures ? Tu n'as pas de famille nombreuse et tu ne roules qu'en ville !

Dixon parut ne pas comprendre la question. Il balbutia :

— Tu ne voudrais pas que je loue un pot de yaourt comme vous faites en Europe, non plus ! J'ai ma dignité.

— En Europe, on n'appelle pas ça de la dignité, au contraire… murmura Cécile en prenant place à bord.

— Qu'est-ce que tu veux dire ?

Elle hésita. Elle s'entendait bien avec Dixon depuis seulement une demi-heure. N'était-ce pas trop tôt pour relancer les vannes ? Allait-il mal le prendre ?

— Chez nous, ceux qui ont de grosses bagnoles ultrapolluantes ont quelque chose à compenser… Grosse voiture, petite…

Dixon rougit. Ses joues prirent une teinte rose qui contrastait admirablement avec le roux de ses sourcils et de ses cheveux. Puis soudain, il mit son clignotant et gara le véhicule sur le bas-côté.

— Qu'est-ce que ? commença Cécile, mais elle n'eut pas le temps de finir sa phrase – il avait écrasé sa bouche sur la sienne.

Le cœur de Cécile fit un bond et son ventre s'enflamma. Les mains de Josh étaient partout : sur ses hanches, sur ses cuisses, sur sa nuque, et les réserves de la jeune femme tombèrent. Abandonnant toute résistance, elle lui rendit ses baisers, le souffle court, l'attirant à elle par l'avant de sa chemise.

Quelle mouche la piquait ?

Elle haïssait ce type, son tortionnaire. Il la méprisait, il avait fait de ses premières semaines un enfer et pourtant, son corps réagissait violemment, alors qu'elle était restée indifférente aux baisers de Dennis, quelques jours plus tôt.

Elle ne voulait rien de cet homme et pourtant, elle avait brutalement envie de lui. Était-il possible d'être aussi inconstante ?

L'ardeur de Josh, qui avait glissé une main sous sa jupe, lui rappela à quel point sa vie sexuelle était désastreuse depuis... des mois. Tom ne l'embrassait déjà plus avec tant de passion alors qu'ils n'étaient sortis ensemble que pendant quelques mois. N'était-ce pas trop tôt pour se lasser l'un de l'autre, trois mois ? Elle aurait dû voir les signes. Elle avait été aussi aveugle que stupide.

Et peut-être qu'il était temps qu'elle cesse de tout intellectualiser. Elle se trouvait dans une voiture, à embrasser à pleine bouche son collègue-de-l'enfer, qui avait une main dans sa culotte et une solide érection, si elle en croyait ses propres mains. Et puis au diable la morale, les principes et les regrets. Elle était venue ici pour vivre, à la fin !

— Est-ce que tu as une capote ? souffla-t-elle entre deux baisers, qui laissèrent la bouche de Dixon marquée de rouge à lèvres.

— Dans ma sacoche, grogna-t-il. Tu… tu es sûre ? C'est ce que tu veux ?

Cécile prit une inspiration, tentant d'apaiser les battements affolés de son cœur et la brûlure entre ses cuisses.

— Oui. Capote. Maintenant.

Dixon la relâcha pour fouiller dans la sacoche qu'il avait jetée sur la banquette arrière, et en tira un rectangle d'aluminium. Il le tendit à Cécile, en même temps que son sac à main.

— Tiens, elle est à toi, tu peux t'en aller.

Cécile resta interloquée un moment, rougissant comme s'il l'avait giflée.

— De quoi ?

— Tu peux prendre la capote et te casser. Ma démonstration est finie.

Il ne souriait plus, et s'essuya la bouche avec le coin d'un mouchoir en papier. Cécile ne parvenait pas à bouger, stupéfaite.

Josh se pencha au-dessus d'elle pour lui ouvrir la portière. :

— Pour répondre à ta dernière remarque, princesse, tu as pu constater que je n'ai rien à compenser et qu'a priori, tu es même plutôt demandeuse. Merci pour cette démonstration, c'était édifiant. Et comme tu as clairement établi que tu n'aimais pas ma voiture, je t'invite à prendre un taxi pour rentrer à l'hôtel. Je ne suis pas à ta disposition.

Cécile fronça les sourcils, soufflée. Elle sentit des larmes d'humiliation lui brûler les paupières. Pas question de supplier, elle valait mieux que ça.

— T'es vraiment le dernier des connards, cracha-t-elle, venimeuse.

— Tu ne disais pas ça il y a trois minutes, poupée. Allez bonne soirée. Il y a un *Jack in the box* dans trois blocs à droite.

Elle claqua la portière et lui fit un spectaculaire doigt d'honneur.

Dixon fit rugir son moteur, et sa voiture s'éloigna en soulevant un nuage de graviers et de poussière grise.

— Fuck ! s'écria Cécile, abandonnée au bord de la route dans cette ville inconnue. Mais quel salaud !

Bon. Qu'à cela ne tienne. Elle refusait de lui faire des excuses, ou de s'abaisser à lui demander de revenir.

Tirant son portable, elle appela un Uber, qui fut là en exactement 4 minutes. Ce dernier la déposa à son hôtel après avoir fait un crochet par le fastfood, où Cécile commanda l'*ultimate cheeseburger*[7] – *meat cheese cheese meat cheese*[8] – et un milkshake Oreo avec une boîte de *curly fries* [9]au paprika.

Cécile ôta ses talons en entrant dans le lobby, et monta pieds nus jusqu'à sa chambre.

Elle était furieuse, elle était affamée, elle était épuisée, pas nécessairement dans cet ordre.

Elle avait envie de fracasser le crâne de ce Josh Dixon de malheur à coups de batte de baseball, tout en ne pouvant s'empêcher de songer qu'il l'avait bien eue. C'était elle qui avait commencé, en insultant sa virilité.

Mais n'empêche, ce n'était pas une raison pour l'abandonner sur le trottoir !

Même si au final, ce n'était pas bien loin et ça lui avait coûté 7 dollars de taxi, ce qui n'était pas non plus la ruine.

---

7. " Le cheeseburger ultime "
8. " Viande, fromage, fromage, viande, fromage "
9. Frites en tire-bouchon

— Rah !

Quelle fatigue, d'être une telle girouette ! Amis ou ennemis ?

Amants ?

Il fallait admettre qu'il embrassait comme un Dieu. Elle ne s'était pas embrasée ainsi dans les bras de ses amants depuis… des années. Bien avant Tom, et Dieu sait qu'elle désirait Tom.

Mais la brutalité de Josh et l'ardeur dont il avait fait preuve l'avaient bouleversée.

Bon sang.

Elle en voulait encore !

# 13.

Assise à même la moquette de sa chambre d'hôtel, Cécile engloutit son cheeseburger, son milkshake et ses frites.

Josh l'avait allumée, il n'y avait pas d'autre mot.

Est-ce qu'on disait d'un homme qu'il n'était qu'une allumeuse ?

Ça la rendait dingue de réaliser à quel point il avait l'ascendant sur elle. S'il la malmenait, elle redoublait d'efforts pour lui plaire ; s'il faisait mine de l'apprécier, elle s'offrait à lui sans une hésitation.

« J'ai vraiment besoin de m'envoyer en l'air », songea Cécile, et l'image de Dennis s'imposa à elle.

C'était sans doute moins risqué, moins sulfureux de faire de genre de choses avec son colocataire. N'était-ce pas Claire, qui avait son propre coloc comme *sex friend* ? Qu'est-ce que ça avait donné, tous les deux… ? Elle n'avait pas eu le fin mot de l'histoire, à part la rupture finale, à cause de Tom Leroy ; on revenait toujours à Tom Leroy, c'était épuisant.

Cécile se traîna à quatre pattes jusqu'au minibar, à moins d'un mètre de là, et s'empara d'une mignonnette de whisky, qu'elle but cul sec.

Décidément, cette journée l'avait bouleversée.

Il ne manquait plus qu'une chose…

Elle tendit la main jusqu'à la lanière de son sac à main, qu'elle fit tomber du lit et tira jusqu'à elle pour saisir le paquet de cigarettes qui s'y cachait.

L'ange sur son épaule lui criait de ne pas le faire, qu'elle était plus forte que ça, qu'elle méritait mieux ; le petit démon sur l'autre épaule lui souffla qu'à force de vouloir être parfaite, elle avait fini célibataire en burn-out.

« Fuck les injonctions, fuck la morale » souffla Cécile, qui déchira l'emballage du paquet et porta la première cigarette à ses lèvres.

Elle rejeta la tête en arrière, les yeux clos, soufflant la fumée.

Punaise, que c'était bon ! Elle en eut la chair de poule et refoula ses larmes. Toutes les vannes rompirent en même temps, alors que la jeune femme inspirait de longues bouffées.

Elle pleura sur Tom Leroy, qu'elle avait aimé comme personne d'autre au monde, et qu'elle aimait encore. La plaie dans son cœur demeurait à vif, et se jeter à corps perdu dans le travail ne lui avait apporté aucun réconfort.

Elle pleura sur Claire, la seule sœur qu'elle eût jamais eue, et celle qui lui avait porté le coup le plus douloureux de son existence.

Elle pleura sur sa mère, la seule qui la comprenait, celle qui tenait cette famille unie, et qui avait été emportée par un foutu cancer, les laissant tous orphelins, et démunis.

Elle pleura sur son père, veuf, hébété, vieillard diminuant à vue d'œil maintenant qu'il avait perdu la moitié de lui-même.

Elle pleura sur elle-même, femme égarée, qui ne savait pas ce qu'elle voulait, qui travaillait jusqu'à l'épuisement pour ne surtout pas penser, et qui avait l'impression de se noyer dès qu'elle cessait de s'assommer de drogues, de sport ou de travail.

Oserait-elle parler de l'incident « Josh » à Zaina ? Et si cette dernière se moquait d'elle ?

— Bon sang, quelle vie de merde ! Est-ce que je n'ai pas mérité une minute de repos ! s'exclama Cécile, criant contre les murs blancs de sa chambre.

À cet instant, l'alarme incendie se déclencha.

Cécile eut à peine le temps de lever les yeux, surprise par la sonnerie stridente, que les gicleurs anti-incendie se mettaient en route, faisant littéralement pleuvoir dans sa chambre.

– Oh, *fuck, fuck fuck !*

L'ingénieure se leva d'un bond, avisant la cigarette qu'elle tenait entre les doigts, et la jeta par la fenêtre. L'eau arrosait méticuleusement chaque centimètre carré de tapis, de meuble et de drap, et Cécile, trempée et glacée, se résolut à quitter la pièce.

L'alarme sonnait toujours, et elle suivit le flot de clients qui se dirigeaient vers les escaliers pour évacuer. Il était 23 heures, certains portaient leurs pyjamas, des bigoudis ou des masques pour le visage. L'un d'entre eux était à moitié rasé et portait la trace d'une coupure sur la joue ; il avait dû sursauter lorsque l'alarme s'était mise à sonner.

Penaude, la jeune femme se retrouva sur le parking de l'hôtel, au point de rassemblement, frissonnante dans la cohue.

— Oh oh, fit la voix de Dixon derrière elle, mon instinct me souffle que Cécile Pasteur a une histoire à raconter.

Cécile pâlit. Elle n'était pas d'humeur à affronter Dixon. Elle avait bu, elle avait pleuré, elle était pieds nus, trempée, et le personnel de l'hôtel n'allait pas tarder à l'identifier.

Elle se retourna, résignée à lui faire face. Elle savait que son maquillage avait coulé et qu'avec ses cheveux blonds plaqués sur son crâne et sa nuque elle devait ressembler à Dobby, l'elfe famélique dans Harry Potter.

Le sourire de Dixon se figea lorsque leurs regards se croisèrent. S'il avait une remarque acerbe à lui faire, il s'abstint.

Sans un mot, pour la deuxième fois de la soirée, il ôta sa veste et la posa sur les épaules de la jeune femme.

— Mauvaise soirée ? dit-il simplement.

Pas de méchanceté, pas de sarcasme ? Cécile sentit les larmes monter de nouveau.

Mauvaise soirée, mauvaise semaine, mauvaise vie.

Parfois, elle avait envie de disparaître de l'existence.

— L'alerte est levée, vous pouvez regagner vos chambres, avec nos excuses pour le dérangement ! résonna une voix un peu plus loin, et la foule se dispersa.

Josh posa une main amicale contre son dos, comme pour l'accompagner, mais un homme en uniforme, qui portait un badge « Carter », leur fit signe de rester sur place.

— Mademoiselle Pasteur ? demanda-t-il en consultant son fichier.

— Oui.

Cécile gardait la tête haute, malgré la honte qui la dévorait. Elle avait l'impression d'être une fillette convoquée chez le directeur de son école. La raclée s'annonçait spectaculaire.

— Vous occupez la chambre 316 ?

— Oui, confirma Cécile.

— Non, c'est moi, intervint Josh, et Cécile se retourna, sans comprendre.

— Je vous demande pardon ? Déclinez votre identité, Monsieur, dit Carter en fronçant les sourcils.

Cécile ouvrit la bouche pour protester, mais Dixon lui jeta un regard qui lui scella les lèvres. À quoi jouait-il ?

— La 316, c'est ma chambre. Je suis Joshua Dixon, de la société Diatomir. Nous avons échangé nos chambres parce que ma collègue préférait la salle de bain de l'autre, la 541.

Carter tourna vers Cécile un regard suspicieux :

— Vous confirmez, Mademoiselle Pasteur ?

— Je… Euh…

La main de Dixon, contre son dos, la pinça légèrement. Elle tressaillit.

— Euh oui. Je confirme.

— Le détecteur de fumée s'est déclenché dans la chambre 316, certainement à cause d'une cigarette, ce qui a provoqué la mise en route du système d'urgence et l'évacuation de l'immeuble. Vous savez qu'il est strictement interdit de fumer dans les chambres, Monsieur ?

— Je sais. Je vous présente mes excuses. J'ai eu une grosse journée, vous savez ce que c'est…

— Il s'applique une pénalité de 500 dollars pour la peine. C'est dans le règlement que vous avez validé en louant une chambre dans notre établissement. Je vais imputer la dépense directement sur la carte qui a servi à effectuer la réservation.

Cécile pâlit. C'était la carte d'entreprise, celle d'Emmitt, qui avait été enregistrée avec la chambre. Ce dernier recevrait donc une facture avec des consommations de mini-bar et 500 dollars d'amende pour avoir déclenché l'alarme incendie avec une cigarette. Sa réputation chez Diatomir était fichue.

— Non, je… attendez, interrompit Josh. Je préfère payer avec ma carte perso. Je l'ai sur moi. Est-ce que c'est possible ?

— Oui. Venez avec moi.

L'employé fit signe à Dixon de le suivre, non sans jeter un dernier regard à Cécile, trempée jusqu'aux os. Il leva les yeux au ciel, de l'air de celui qui n'est pas dupe. Mais après tout, quelle importance ? Il devait encaisser l'amende et enclencher le nettoyage de la chambre 316 ; tant pis pour l'idiot qui espérait sans doute séduire cette fille en payant pour elle.

Imbécile.

— Monsieur, balbutia Cécile avant qu'il ne soit hors de portée, où va dormir Monsieur Dixon ? Ma chambre… sa chambre est trempée !

— Il peut réserver une autre chambre dans notre établissement, à ses frais bien entendu. Ou bien aller se loger ailleurs.

Merde. Elle n'avait pas les moyens pour une chambre à ses frais, et pourtant, de quelles alternatives disposait-elle ? Elle avait envie de se gifler.

— Cécile, est-ce que tu veux… est-ce que je peux partager la chambre 541 ? s'enquit alors Josh.

# 14.

« Il y aura un AVANT et un APRÈS cette soirée »,
pensa Cécile, en déposant ses affaires – mouillées – sur la
moquette dans la chambre de Josh.

Il n'y avait qu'un seul lit, queen size. Ce n'était même
pas si grand, quand il s'agissait de dormir hors de portée
de son collègue-de-l'enfer.

— *I fucking hate my life*[10] *!* s'exclama Cécile, affligée.

— C'est « merci » le mot que tu cherches, dit Josh dans
son dos, et Cécile se retourna vivement.

Depuis combien de temps était-il là ?

— J'en peux plus de ma vie, et « merci » si tu y tiens !
répéta Cécile.

— Tu n'es pas si malheureuse, allez, dit Josh en la
poussant doucement pour entrer dans la pièce.

— Ah ouais ? Et qu'en sais-tu ?

Josh se dirigea vers la bouilloire et mit de l'eau à
chauffer. Cécile aurait plus volontiers entamé les bouteilles
dans le minibar, mais un thé bien chaud était sans doute
une meilleure idée.

— Va te doucher et te sécher. On discutera après, dit-il
simplement.

— Tu penses que me payer ces 500 dollars t'autorise à
te prendre pour mon père ? objecta Cécile.

---

10. " Putain je hais ma vie "

— Tu n'arrêtes jamais d'être hargneuse ? J'ai agi comme le dernier des salauds quand tu es arrivée chez Diatomir, je le reconnais et je te présente mes excuses. Maintenant, à force de n'agir qu'en réaction épidermique à ce que je fais, tu vas finir par t'attirer des ennuis. Comme ce soir…

— Ce qui est arrivé dans ma chambre n'avait rien à voir avec toi. Ma vie ne tourne pas autour de Josh Dixon, désolée de ruiner tes fantasmes.

— Okay, Cécile Pasteur. Fais ce que tu veux.

Il n'ajouta rien d'autre, et entreprit de verser l'eau chaude dans deux tasses.

Quoi, c'était tout ? Il ne répliquait pas dans cette nouvelle joute verbale, leur sport favori ? Il la plantait là avec un « comme tu veux » et c'était fini ?

Elle éternua et réalisa qu'elle avait vraiment froid. Trois jours à 16° sous une clim de Sibérie, une douche froide tout habillée, une promenade trempée et pieds nus sur le parking…

Il avait raison. Elle avait besoin d'une douche.

Tournant les talons, elle se dirigea vers la salle de bain et claqua la porte.

Josh leva les yeux au ciel.

Bon sang, cette fille allait le rendre dingue. Il n'aurait pas cru pouvoir ressentir ça de nouveau, après le désastre « Gwen », mais à l'instant où il avait posé les yeux sur elle, chez Momo's, il avait su que cette blonde poissarde et survoltée allait bouleverser sa vie.

Tenter de la repousser, de la garder à distance, à grands coups de vacheries et de mépris, s'était retourné contre lui. Elle lui avait tenu tête, rendu coup pour coup, avec une fierté et une dignité qui l'avait laissé admiratif. Cette fille avait bouffé du lion, et de manière absolument inattendue, avait gagné son respect.

Sauf qu'à présent qu'il tentait d'apaiser le débat, elle continuait de frapper.

Il regrettait de l'avoir jetée sur le trottoir, quelques heures plus tôt, c'était peut-être excessivement brutal, même pour lui. Mais bon, ce qu'elle était pénible, aussi !

Une chose qu'il n'avait pas prévue, c'était l'ardeur avec laquelle elle lui avait rendu ses baisers. Il s'était retrouvé avec une érection terrible qu'il avait eu toutes les peines du monde à dégonfler ensuite. L'haleine de Cécile avait une saveur de menthe – elle mâchait sans arrêt des chewing-gums depuis quelque temps – et sa langue était fraîche, ses lèvres avides. La peau de ses cuisses lui avait brûlé les doigts, et il avait cru défaillir en sentant l'humidité de ses sous-vêtements. Ils avaient été à un doigt de faire l'amour dans la voiture garée au bord de la route.

Une mauvaise idée, de toute façon, c'était le meilleur moyen de se retrouver au poste de police. Il avait bien fait de couper court.

« Cause toujours » pensa-t-il, pas même convaincu par ses propres arguments.

La vérité, c'était qu'il avait perdu Gwen à l'instant où il était tombé amoureux d'elle. Et il craignait à présent de perdre Cécile…

S'il retombait dans les mêmes pièges qu'avec sa partenaire précédente, elle finirait par s'éloigner de lui, et serait remplacée. C'était le cycle éternel.

Quant à lui… sa place n'était pas en danger ; Kirsten Barnes l'avait quasiment élevé ; elle lui avait financé ses études, qu'il lui avait remboursées avec ses premières primes. Ça aurait été facile de sombrer dans la drogue et la délinquance, quand son père l'avait chassé de la maison, mais Kirsten lui avait offert un job, dans son entreprise précédente. Il lui devait plus qu'une dette financière : il lui devait sa vie.

Cécile sortit de la douche, habillée d'un jean et d'un t-shirt informe. Elle se frictionnait les cheveux, l'air maussade, et haussa les épaules en croisant le regard de son collègue.

— C'est mes seuls vêtements secs, dit-elle comme pour se justifier.

— Est-ce que tu veux que je te prête quelque chose pour cette nuit ? Tu ne vas pas dormir en jean…

La jeune femme eut un mouvement d'impatience :

— Si tu me dis que tu transportes des nuisettes de femme dans tes valises, je te préviens, je quitte cette chambre.

— Ne dis pas de bêtises, j'ai un pyjama propre. Je dormirai en t-shirt et caleçon.

Après une hésitation, elle sourit :

— Admettons. Montre-moi ?

Josh tira de son sac un ensemble pyjama-short « Star Wars 1er ordre », noir imprimé de rouge.

— Vous faites des concours, avec Emmitt ? Lequel de vous a la plus grosse ?

— Moi évidemment, répondit Dixon du tac au tac avant d'ajouter, la plus grosse quoi ?

— La plus grosse collection de merchandising Star Wars, andouille ! rit Cécile.

— Ah, si on parle de geekeries, c'est difficile de rivaliser avec Emmitt.

Cécile serra le pyjama contre sa poitrine.

— Merci, dit-elle alors. Pour le pyjama, pour la chambre, et pour l'amende, aussi.

— Faut croire que j'ai quelque chose à me faire pardonner. Désolé de t'avoir si mal traitée tout à l'heure.

— C'est de ma faute. J'aurais pas dû critiquer ta voiture et sous-entendre… des trucs. J'ai dépassé les bornes.

— Mais non. On ne va pas remonter jusqu'au premier jour avec des listes d'excuses, ça prendrait toute la nuit. Garde le pyjama pour plus tard si tu es plus à l'aise en jean pour l'instant.

Cécile s'approcha pour s'asseoir au bord du lit, saisissant la tasse bouillante que lui tendait Josh.

— Cela dit, je crois que des excuses pour le premier jour ne seraient pas de trop. Le « connasse » était vraiment violent.

— À ma décharge, j'aimais vraiment beaucoup ce costard Armani, répondit Dixon en soufflant sur sa tasse. Tu as eu de la chance que je ne dise pas pire.

— Okay… Tant pis pour les excuses alors ! se résigna l'ingénieure en levant les yeux au ciel.

Quel caractère !

— Je crois que j'ai trouvé mon Maître, en termes de bagarreuse. T'es sacrément endurante.

— Pas tant que ça, en vrai…

La voix de Cécile s'était brisée. Elle baissa le regard :

— Je suis fatiguée de lutter. Ce déménagement, ce nouveau job, c'est une lutte quotidienne. J'ai l'impression d'être un gladiateur… J'en peux plus. Parfois, j'aurais juste besoin de relâcher la pression, mais j'ai le sentiment que si je le fais, tout va s'écrouler sur moi.

— Est-ce que quelqu'un pourrait t'aider ? Tu ne peux pas porter seule le monde à bout de bras…

— Il y a bien Zaina, elle a été un vrai soutien jusqu'à maintenant. Et j'espérais pouvoir compter sur mon coloc, mais les choses ne se passent pas comme prévu.

— C'est indiscret de demander ce qui se passe avec le coloc ?

Cécile balaya la question d'un revers de main :

— Je n'ai pas envie d'en parler. Pas ici, pas avec toi, pas maintenant. J'ai juste besoin de pouvoir décompresser… Et la dernière fois que j'ai allumé une cigarette en espérant gagner quelques minutes de réconfort, le ciel m'est tombé sur la tête.

— Je vois. Et bien écoute, ça ne remplacera pas une cigarette, mais tu peux dormir cette nuit ici et même faire la grasse mat' demain, si tu veux. Je garantis qu'aucun mur ne va s'écrouler sur toi, et aucun méchant tenter de te faire du mal. D'accord ?

— D'accord, dit doucement Cécile en buvant une gorgée de thé. Merci, Josh.

— Ça va aller, tu verras…

Et pour une fois, Cécile le crut.

# 15.

— Tu veux mettre un film ? proposa Josh en désignant la télécommande du menton.

— Non, merci. J'ai surtout sommeil. Merci pour le thé, je pense que je vais me coucher, maintenant. Comment on s'organise ?

— Que veux-tu dire ?

— Pour le lit. Est-ce que… l'un de nous dort sous les draps et l'autre juste sous le dessus de lit ?

Josh haussa les épaules :

— Laisse tomber, prends le lit. Je vais dormir par terre.

— Non, écoute… dit Cécile en rougissant, il n'y a pas de raison que tu dormes par terre, c'est ta chambre, et c'est moi qui ai fumé dans la mienne…

— Appelle ça de la galanterie ?

— La galanterie, c'est une invention patriarcale. Ça me gêne. J'ai la ferme intention de dormir, de toute façon. Tu ne risques rien.

— Oula, ça va trop vite pour moi. C'est moi qui ne risque rien ?

Cécile sourit, l'air fatigué :

— Allez, viens te coucher. Je te promets de ne rien tenter et je te fais confiance pour en faire autant.

— Tu es certaine que tu ne vas pas changer d'avis ? Je te rappelle que tu t'apprêtes à partager le lit d'un très, très bel homme, qui sent bon, et qui n'a rien à compenser malgré un goût discutable pour les grosses voitures… et je détesterais qu'on mette en danger ma vertu. Je ne suis pas un homme facile !

— Viens te coucher, andouille.

Josh leva les mains, du geste de celui qui se rend, et se glissa entre les draps et la couette. Cécile s'éclipsa quelques instants dans la salle de bain pour passer son pyjama. Lorsqu'elle en ressortit, il avait éteint la lumière.

— Merci, dit-elle, pour la lumière, pour le pyjama, et pour la chambre.

— N'en parlons plus. J'avais des trucs à me faire pardonner. Bonne nuit, Cruella.

— Bonne nuit, Voldemort.

Il y eut un silence, rompu bientôt par Josh qui se redressa sur le lit :

— Attends, comment ça, Voldemort ?

— Avec les amitiés de Cruella. On fait la paire !

Ils voulaient toujours le dernier mot, l'un comme l'autre. Josh remporta cette manche par forfait, car Cécile s'était endormie, blottie au creux de son oreiller.

Josh sourit, osant tendre la main pour dégager une mèche de cheveux blonds qui avait glissé sur le front de la jeune femme, et la remettre en place derrière son oreille. C'était un geste tendre, du bout des doigts.

Elle frémit dans son sommeil et il se figea, de peur qu'elle se réveille. Allait-elle crier ? Heureusement, il n'en fut rien. Josh se roula en boule sous la couette, aussi loin d'elle que possible sans tomber du matelas.

— Bonne nuit, Cécile Pasteur, souffla-t-il en fermant les yeux à son tour.

Contre toute attente, Cécile dormit merveilleusement cette nuit-là.

Est-ce que c'était les draps frais de l'hôtel, ou l'odeur légère de Josh imprégnant le pyjama qu'elle portait ? Est-ce que c'était la présence de ce dernier, allongé par terre sur un nid d'oreillers et de traversins ?

— Pourquoi es-tu par terre ? demanda-t-elle, encore ensommeillée.

— C'est meilleur pour le dos, répondit-il en grimaçant.

Aucun des deux n'était dupe, mais elle n'insista pas.

Josh ne lui dirait pas qu'il n'avait pas trouvé le sommeil, troublé comme un adolescent par la présence de cette jolie blonde dans son lit. Se soulager d'une main alors qu'elle dormait à côté aurait été digne du pire des pervers, si bien qu'il avait simplement pris son mal en patience, espérant que compter les moutons lui apporterait une forme de réconfort.

À trois heures du matin, las d'être torturé par le parfum léger qu'elle portait et le son régulier de sa respiration, il s'était décidé à déménager. Ce n'est qu'une fois par terre qu'il avait retrouvé un semblant de sérénité et s'était endormi.

Cécile, quant à elle, ne lui avouerait pas qu'elle lui était reconnaissante de ne rien avoir tenté. À vrai dire, elle avait trouvé séduisante l'idée de jouer toute la nuit avec ses nerfs et ceux de Josh – touchera, touchera pas –... Mais elle n'avait pas l'énergie pour ça. Ce dont elle avait besoin, encore une fois, c'était de repos. Du vrai sommeil, serein et réparateur.

L'avion de Josh était à 11 heures, et il quitta l'hôtel après le petit déjeuner pour se rendre à l'aéroport. Cécile paya un taxi pour la déposer dans Los Angeles ; elle ne décollait qu'à 21 heures, ce qui lui laissait une bonne partie de la journée pour faire du tourisme.

Son selfie devant l'inscription HOLLYWOOD fut le premier qu'elle posta sur Instagram depuis son arrivée aux États-Unis. C'était aussi le premier où son sourire était sincère, et son regard apaisé. Elle sentait qu'il s'était passé quelque chose d'important, la veille, à travers les non-dits et les murmures. Il lui semblait apercevoir enfin la lueur au bout du tunnel.

Lorsqu'elle franchit le seuil de la maison, sur Moscow Street, elle ne craignait plus de croiser Dennis. Au contraire, elle le salua avec un sourire et une accolade amicale. Il avait déjà dîné – il était près de minuit –, si bien qu'elle s'empara d'un reste de nouilles sautées dans une boîte en carton avant de le rejoindre sur le canapé, toutes distances gardées, pour regarder la fin d'un épisode de Stranger Things.

Dennis lui demanda comment s'étaient passés ces quelques jours, si elle avait réussi à terminer son plug-in à temps, et elle lui raconta comment elle s'était retrouvée coincée dans le sous-sol du Datacenter. Elle n'évoqua pas les baisers torrides échangés avec Dixon, ni le fait qu'ils avaient partagé une chambre d'hôtel.

— Je suis content que ça aille mieux avec ton collègue, dit Dennis avec sincérité, tu ne pouvais pas continuer à bosser dans ces conditions. Même si on ne m'enlèvera pas de l'idée que c'est un sale con. Tu devrais rester méfiante avec ce type.

Elle haussa les épaules, ne sachant quoi répondre. Expliquer les raisons pour lesquelles elle avait changé totalement d'opinion sur Josh Dixon demanderait trop de boulot, surtout après trois semaines à l'agonir quotidiennement d'insultes. Elle-même avait du mal à mettre des mots sur le nouveau lien qui les rapprochait… la tension, verbale et sexuelle, crevait les quotas. Les prochaines semaines s'annonçaient mouvementées !

Elle et Dennis ne reparlèrent pas de l'incident de la semaine précédente, lorsque ce dernier l'avait embrassée. Cécile en fut soulagée. Elle sentait qu'elle avait trouvé là un ami sur qui elle pourrait compter en cas de coup dur ou de petite déprime.

C'était bon de se savoir bien entourée.

# 16.

Cécile ne croisa pas Dixon chez Momo's, lundi matin, et en fut un peu déçue. Elle aimait bien ce petit rituel quotidien : ne pas se saluer, commander une boisson chaude, ouvrir les hostilités, avoir des envies de meurtre dès 9 h du matin… C'était vivifiant !

En vrai, elle avait fini par trouver quelque chose de rassurant à leurs joutes verbales. C'était une des choses qui ne changeaient jamais, dans ce monde qui allait trop vite, même pour elle…

— Tu cherches quelqu'un ? Demanda Zaina en la voyant tourner en rond à la sortie de l'ascenseur.

— Oui, je… non. Dixon ? Il n'est pas encore arrivé ?

— Ne me dis pas qu'il te manque ! Ça a été chez Herion, la semaine dernière ?

La jeune Française lui emboîta le pas en direction de la salle de pause. Elles prirent place dans les fauteuils qu'occupaient habituellement les gamers dès la fin de matinée. Mais à 9 heures tapantes, c'était un peu tôt pour les exploits à Call of Duty.

— Ça a été atroce, commença-t-elle. J'ai bossé dans une salle serveur de 8 à 20 heures, j'ai cru que j'allais congeler.

— Tu étais toute seule ? Pendant trois jours ? s'étonna Zaina en buvant une gorgée de café.

— Oui, j'avais ma playlist et j'ai codé ce foutu machin. En fait, Dixon a ajouté plusieurs centaines de milliers de dollars sur la facture sous réserve que les ingés d'Herion puissent lancer des tests sur l'outil dès lundi matin.

Autrement dit : je devais finir absolument, sans quoi ce fric nous passait sous le nez.

Zaina plissa les yeux :

— Ils vendent n'importe quoi, les commerciaux. C'est pas normal que le mec promette la lune et que derrière, tu doives construire une fusée sous 24 heures.

— Y'a un peu de ça, ouais. N'empêche que j'ai réussi !

— Kirsten sera fière de toi. J'espère que Dixon l'a été aussi ?

— C'est compliqué, balbutia Cécile. On a du mal à avoir une conversation professionnelle normale…

— J'en peux plus de ce type, soupira Zaina. C'est vraiment un connard. S'il y a bien une chose que je peux reprocher à Kirsten sur sa façon de gérer cette boîte, c'est de lui manger dans la main.

— Elle a sans doute ses raisons ! Il fait rentrer à lui tout seul quasiment un quart du chiffre d'affaires !

Zaina se leva pour jeter son gobelet vide, avant de répondre :

— Pourquoi est-ce que tu prends son parti ? Méfie-toi, il sait aussi très bien manipuler les gens et leur retourner le cerveau.

— Je te trouve un peu dure, objecta Cécile. Il a son caractère, mais comme tu me l'as dit toi-même, c'est quelqu'un qui sait être généreux. Il faut apprendre à le connaître, c'est tout.

La brune leva les yeux au ciel :

— On croirait entendre Gwen. Tu sais comment ça a fini pour elle ?

*\*\**

En montant par l'ascenseur, Josh Dixon était d'excellente humeur. Il regrettait de ne pas avoir accompagné Cécile faire un peu de tourisme, le samedi précédent ; il était certain qu'elle aurait adoré placer ses mains dans les empreintes du Chinese Theater[11]... et il regrettait de ne pas lui avoir offert le dîner promis. Vu la performance et les conditions dans lesquelles ça avait été accompli, elle méritait même mieux. Un week-end à Carmel[12] ?

En tous cas, il avait trouvé chez cette Française débrouillarde et combative une femme passionnée et passionnante, compétente, et pas du genre à se laisser dicter sa conduite. Après Gwen, il avait pourtant cru ne plus jamais pouvoir dire d'une femme qu'elle l'impressionnait... Pourtant, Cécile l'avait impressionné.

Elle était belle, en plus.

Pas idéale, pas surfaite... imparfaite, avec ses yeux qui tombaient un peu et un sourire de travers, s'il fallait relever les détails de son anatomie. Mais elle avait une telle flamme dans le regard quand elle l'insultait... et une telle ardeur dans ses baisers ! Il avait passé le week-end à se demander s'il n'était pas sous le charme. C'était aussi brutal qu'inattendu... Il se sentait tout léger.

Il avait acheté une boîte de chocolats qu'il comptait lui offrir, pour se faire pardonner du dîner loupé de vendredi, et lui proposer de remettre ça. Ce serait presque comme un rendez-vous en tête à tête. Si elle acceptait, il faudrait qu'il maintienne la conversation sur des sujets consensuels. Avec cette fille, les choses dérapaient à vitesse supersonique !

---

11. Le cinéma du centre de Los Angeles où des stars ont laissé leurs empreintes dans le béton frais.
12. Bourg en bord de mer, au sud de San Francisco, réputé paradisiaque. Un coin romantique.

Dixon se dirigea vers son bureau pour y déposer sa veste, et fut déçu de ne pas y trouver Cécile Pasteur. Son sac à main était posé par terre, à côté de son fauteuil ; elle ne devait pas être loin.

Il se passa nerveusement une main dans les cheveux.

Et bien quoi ? Pourquoi était-il intimidé comme s'il devait l'inviter au bal de fin d'année ? C'était n'importe quoi, Il n'avait plus quinze ans !

Le commercial ajusta sa chemise, tripota ses boutons de manchettes, et se dirigea vers la salle de pause.

Des éclats de voix lui parvinrent à travers la porte. Il reconnut le timbre de Zaina et comprit que Cécile était avec elle.

— Oui, Dixon a tout du connard arrogant, vulgaire et sexiste, fulminait Cécile. Dans le genre, me prendre de haut alors que j'ai fait six ans d'études, que je maîtrise la technique mieux que lui et que je parle trois langues. Pas étonnant que les gens se demandent pourquoi Kirsten le couvre, ou qu'ils trouvent que Gwen a bien fait de le fuir !

Josh retira sa main de la poignée de la porte.

Il n'entra pas dans la salle de pause, il n'interrompit pas la conversation. Les tempes cuisantes, il tourna les talons, retourna à son bureau, jeta la boîte de chocolats dans la poubelle.

Un instant, il ne sut plus quoi faire. Cécile allait revenir à son poste, en face de lui, d'une minute à l'autre.

Il ne voulait pas la voir.

Quelle sale… Quelle déception. Finalement, il ne fallait rien attendre des femmes. Ça vous saisissait le cœur pour mieux le briser, et ça pleurait à la misogynie ensuite !

Il reprit sa veste et sa sacoche, et se dirigea vers les escaliers. Il pouvait ainsi quitter les lieux sans repasser devant la salle de pause, face aux ascenseurs. Il travaillerait de chez lui aujourd'hui. Et demain... on verrait bien.

Une fois dans la rue, il donna un coup dans une poubelle avec une telle violence qu'il se fit mal au pied.

À l'étage, Cécile et Zaina, ignorant tout de l'incident, continuaient leur conversation.

— Mais tout ça, continuait Cécile, c'est faux. Tout est bidon. Il m'a mal accueillie, mais il a largement fait amende honorable depuis. C'est toujours compliqué entre nous, parce qu'on a tous les deux beaucoup de fierté et pas mal de répondant, alors dès que l'un de nous ouvre la bouche, ça monte tout de suite dans les tours. Mais c'est un vrai type bien. Il a beaucoup de vulnérabilité, il m'a parlé de choses très intimes qui m'ont touchée, et qui m'ont permis de le comprendre et de comprendre pourquoi il agit comme il le fait. Donc par respect pour moi, je te demande de le respecter lui. Je suis contente qu'il soit mon partenaire, et je crois que Kirsten a eu du flair en nous mettant en équipe.

— Et bien, quel changement ! souffla Zaina. Trois jours dans un frigo et tu reviens toute bouleversée. Je me demande bien ce qui a pu se passer entre vous à Pomona pour que tu vires de bord à ce point.

— J'ai appris à le connaître, c'est tout, sourit Cécile. On a pris le temps de se parler pour de vrai. Tu devrais lui laisser une chance de te montrer qui il est vraiment.

— Si c'est toi qui me le dis, je veux bien te croire, alors. Il ne lui reste plus qu'à te donner raison. J'attends de voir.

— Tu verras que j'ai raison, dit Cécile en prenant la direction de la porte, pour retourner à son poste, avant d'ajouter : Mais il y a aussi autre chose. Vous devriez tous cesser de faire courir des rumeurs à propos de Gwen. Ça ne regarde personne et à sa place, dans une atmosphère où tout le monde chuchote dans mon dos alors que personne ne sait rien, je crois que moi aussi, je serais irascible. Arrêtez les ragots.

# 17.

**Cécile – Apr 22 – 10 h 7**
*Hello, Josh, Kirsten m'a annoncé que tu travaillais de chez toi aujourd'hui. J'espère que tu es bien rentré samedi. Est-ce que ça va ? Des nouvelles du client ?*
**Cécile – Apr 22 – 1 h 36**
*Pas de nouvelles, bonnes nouvelles ? Comme on dit chez nous. J'ai eu le client au téléphone, tout a l'air de fonctionner, et il n'a a priori pas fait d'allusion à l'incident du gardien, l'honneur est sauf. Appelle-moi.*
**Cécile – Apr 22 – 4 h 22**
*T'es sûrement occupé avec tes autres dossiers. Appelle-moi quand tu auras un moment.*

Cécile rejeta son téléphone sur le bureau, laissant son regard glisser sur celui de Dixon, en face. Il était vide et propre.

Où était-il ?

Pourquoi ne répondait-il pas à ses textos ?

En dehors de leur relation privée tout à fait particulière, ils avaient tout de même une relation professionnelle difficile à ignorer. L'ingénieure pouvait continuer de travailler à distance sur les données du client – ça prendrait encore un bon mois avant que l'outil soit totalement mis en place – et elle n'avait pas besoin des directives du commercial pour travailler. Mais ce silence était anormal.

Peut-être qu'elle se faisait des idées ? Peut-être qu'il était occupé, tout simplement. Il avait d'autres clients, après tout. Il était sans doute en rendez-vous. Ou à la salle de sport. Ou cloué au lit avec une angine ?

Mais n'empêche, après l'intensité des quelques heures passées ensemble, elle ne comprenait pas qu'il fasse le mort. Ils s'étaient insultés, embrassés, insultés encore, confiés l'un à l'autre, réconfortés... Une angoisse sourde grandit au creux de son ventre. Elle avait cru qu'il y avait quelque chose entre eux. Est-ce qu'elle s'était fait des films, une fois encore, comme quand elle se voyait mariée à Tom alors qu'il sautait sa sœur dès qu'elle avait le dos tourné ?

Si ça se trouve, elle avait fait fuir Dixon. C'était bien sa spécialité, faire fuir ceux qu'elle aimait.

Qu'elle aimait ?

N'importe quoi.

N'obtenant pas de réponse, fatiguée de ressasser, la jeune femme envoya un message à Dennis.

**Cécile – Apr 22 – 5 h 46**
*On va courir ce soir ?*
**Dennis – Apr 22 – 5 h 48**
*Carrément. Tu rentres à quelle heure ?*
**Cécile – Apr 22 – 5 h 52**
*Je serai à la maison vers 19 h. On boit un verre après ?*
**Dennis – Apr 22 – 6 h 1**
*Okay. Ça fait plaisir de te voir en forme !*

En forme, tu parles... Mais depuis plusieurs années qu'elle tenait son rôle de parfaite femme active, elle savait très bien faire semblant d'être une battante.

Zaina lui proposa une pause-café, mais Cécile prétendit ne pas avoir le temps. Elle ne saurait pas quoi lui dire qui justifierait sa morosité. Ce qui s'était passé avec Dixon la troublait, à présent qu'il ne répondait plus à ses messages, et elle ne se sentait pas prête à s'ouvrir à Zaina à ce sujet. Cette dernière était une collègue, et le sujet était devenu soudain très intime.

Dennis, au moins, ne connaissait pas Josh ni l'ensemble du bureau ; le risque de fuite de ragots était nul.

— Il t'a insultée, puis embrassée dans la voiture, et ensuite jetée sur le bord de la route ? s'étonna Dennis en buvant une gorgée de bière, ce soir-là. C'est un tordu, non ? C'est quand même pas normal que ton collègue te saute dessus comme ça. Est-ce que tu veux porter plainte ? Je peux t'accompagner.

— Non, protesta Cécile, en prenant une grande inspiration. Je… j'étais consentante. Je suis désolée, Dennis, tu dois me prendre pour une allumeuse.

Elle détourna les yeux, rougissant d'un tel aveu devant celui qui l'avait embrassée la semaine précédente. Mais au lieu de se mettre en colère, Dennis lui prit doucement la main :

— Hey, Cécile. Tu es une femme libre. On ne sort pas ensemble… Je ne vais pas nier que j'aurais bien aimé, mais je respecte ta décision. Et je suis touché que tu te sentes assez en confiance pour m'en parler, en fait. Tu es en sécurité, avec moi.

La jeune femme releva la tête, surprise autant que rassurée de l'entendre tenir ces propos. Elle s'était attendue à ce qu'il la juge sévèrement, pas à du réconfort.

— Merci. T'es vraiment un mec bien.

— Je sais, sourit Dennis en ôtant sa main pour reprendre une gorgée de bière. C'est même pénible à force, d'être doux et attentionné. Les femmes se lassent pour aller chercher le frisson auprès de bad boys sur Tinder…

— Ton ex, c'est ça ?

— Tout juste. J'étais trop « vanilla » pour elle. Bref.

— Je ne sais pas ce que je ferais sans toi, dit alors Cécile. Je ne peux pas parler de la situation à mes collègues, pour des raisons évidentes. Je ne peux pas en parler à mes copines en France qui n'ont pas le contexte, ni à ma sœur qui n'en est plus une, et certainement pas à mon père. Si tu n'étais pas là, je serais tout à fait seule.

— Je suis là. Tu peux compter sur moi. Et je prends le consentement au sérieux. Si ce mec t'a forcée, tu dois en parler aux managers, ou même à la police. Il mériterait de se faire virer.

— Il ne sera pas viré, il rapporte trop d'argent à l'entreprise. Mais il ne m'a pas forcée, je t'assure. Pour te dire la vérité, j'ai été vexée et humiliée qu'il me jette sur la route mais surtout, j'étais frustrée.

— Frustrée qu'il te plante ?

— Frustrée que nous n'ayons pas été au bout. Ça me faisait du bien, de me sentir désirée. Ça faisait… longtemps. Il a pour ainsi dire réussi à raviver une flamme que je croyais éteinte.

— C'est peut-être que tu guéris de ta rupture avec l'autre, là. Tu progresses. Ton corps cicatrise.

— Je ne sais pas si c'est une bonne chose ! On dirait que ça va m'attirer des ennuis.

— Tu fais ça très bien toute seule, j'ai l'impression ! rit Dennis, en déposant l'argent des bières sur la table. Tiens-toi à distance de Dixon, son comportement n'est pas normal. Tu risques ton job. S'il est le chouchou de la boss, il peut, lui, porter plainte contre toi. On ne rigole pas avec le harcèlement, au bureau.

Ils rentrèrent à pied à la maison, profitant de la douceur du soir.

Cécile ressassait les paroles de Denis à propos de perdre son emploi. Elle n'imaginait pas Dixon faire quelque chose d'aussi mesquin, mais d'un autre côté, il s'était montré inconstant, soupe au lait, passant du chaud au froid en l'espace de quelques instants. Ce mec était tout à fait imprévisible.

Et son silence n'avait rien de rassurant. Qu'est-ce qu'il manigançait ?

A contrario, Dennis l'avait surprise dans le bon sens, ce soir. À l'écoute, compréhensif, sans jugement. Il était aux antipodes de Josh : un homme doux, qui avait été éduqué dans le respect de son prochain. Dennis ne croyait pas que les choses lui étaient dues, une qualité rare de nos jours.

Il lui effleura le bras tandis qu'il passait devant elle pour ouvrir la porte, et elle ne recula pas. Sa peau était chaude et à cet instant, son célibat lui pesa.

Elle avait envie d'être touchée.

Mais c'était trop tôt, Tom occupait encore ses pensées, et Dennis méritait mieux que d'être un bouche-trou ou pire, un lot de consolation.

Quand elle lui souhaita bonne nuit ce soir-là, il lui fit un baiser très tendre sur le front, et Cécile sentit son cœur battre.

# 18.

— Hey Josh ! s'exclama Cécile, tout sourire, en le voyant arriver mercredi matin. Je t'ai envoyé 1000 messages depuis lundi. Est-ce que tu as cassé ton téléphone ?

Pour toute réponse, il brandit son smartphone. Elle renchérit :

— Pas cassé, donc. Tant mieux ! Je me suis inquiétée pour toi, pourquoi n'as-tu pas répondu à mes messages ?

Le regard qu'il lui lança pétrifia la jeune femme. Jamais elle n'avait vu dans ses yeux une telle colère glacée. Il avait une expression plus mauvaise encore qu'à leur premier jour, quand elle avait renversé son café sur son costume.

— Est-ce que… j'ai fait quelque chose ? balbutia Cécile en reculant d'un pas, comme si elle craignait qu'il ne la morde.

— J'ai demandé un entretien avec Kirsten tout à l'heure, pour changer de partenaire. Tu seras enfin débarrassée du connard arrogant, vulgaire et sexiste. Félicitations.

— Comment ? Mais qui t'a dit ça ?

Josh avait posé sa sacoche sur son bureau et releva sèchement la tête :

— Vraiment, Pasteur ? Ce qui te dérange, c'est qui me l'a répété ? T'as vraiment honte de rien.

Le cœur de Cécile battait à tout rompre. Elle sentait cuire ses joues, ses paupières brûler. Mais de quoi parlait-il ? Pourquoi la haïssait-il soudain ?

Ses paroles et son regard n'avaient rien de commun avec son agressivité d'avant, quand il la défiait de se montrer à la hauteur. Elle n'y voyait plus aucune familiarité, plus aucune étincelle de défi. Elle ne voyait qu'une rage sourde, qui lui fit peur.

— Josh, parle-moi, bon sang ! Quelle mouche te pique ?

— Épargne-moi ton numéro de fille attentionnée, tu veux ? J'ai déjà eu affaire à des nuisibles dans ton genre. Je ne suis pas ton ami, je ne tiens pas à l'être.

— Vas-tu cesser les insultes cinq minutes et m'expliquer ce qui se passe, à la fin ! s'énerva Cécile, et sa voix résonna jusque dans la salle de pause.

Les employés cessèrent leur travail et levèrent la tête pour voir qui criait ainsi.

— Dixon, Pasteur, dans mon bureau, intervint Kirsten Barnes, et Cécile se sentit pâlir.

Dennis l'avait mise en garde, il lui avait dit que Dixon la ferait virer pour n'avoir pas couché avec lui. Elle n'avait pas voulu le croire, et voilà que sa théorie se vérifiait, déjà. Elle sentit des larmes lui noyer les cils. Quand est-ce que la situation avait dégénéré ?

— Vous voulez bien m'expliquer ce qui se passe ? commença Kirsten en prenant place sur son fauteuil.

Cécile n'osa pas s'asseoir, voyant que Josh restait debout. Elle se tourna vers lui, curieuse d'entendre sa réponse, elle aussi.

— Merci pour l'entretien en urgence, Kirsten. Je souhaite changer de partenaire. Pasteur et moi n'arrivons pas à travailler ensemble.

— Et pourquoi ça ? J'ai eu l'impression qu'elle te tenait tête, au contraire, et le PoC Herion est un succès.

— J'ai besoin d'avoir confiance dans mon binôme ; ce n'est pas le cas avec Cécile. Elle s'entendra sans doute très bien avec Steffen, ou avec Gisele si elle préfère une femme. Les deux ont de bons dossiers.

Kirsten haussa les sourcils et se tourna vers Cécile, qui sentait ses jambes flancher.

— Quelque chose à dire, Cécile ?

— Non, je… Je ne comprends pas. Josh et moi avons eu un démarrage difficile, mais je croyais que les choses s'étaient apaisées.

À sa droite, Josh souffla « mais bien sûr », avec sarcasme.

Que lui avait-elle fait pour qu'il la haïsse ainsi, aussi soudainement ?

Elle reprit :

— Je n'avais aucune intention ni besoin de changer de binôme et j'ai fini par apprécier de travailler avec Josh. Mais s'il ne me respecte pas, en effet, mieux vaut changer les équipes.

— Tu es consciente, Cécile, que changer maintenant signifie laisser le dossier Herion à celui ou celle qui te remplacera auprès de Josh. Tu es sûre que c'est ce que tu veux ?

— Ce n'est pas ce que je veux. Je n'ai rien demandé de tout ça. J'ai énormément bossé sur ce dossier et j'ai rempli mon contrat auprès d'Herion la semaine dernière. Mais je ne peux pas travailler avec un commercial qui me méprise.

— Je peux en dire autant ! protesta Dixon. J'ai besoin de pouvoir compter sur la motivation et la compétence de l'ingénieur qui bosse avec moi. Sinon comment puis-je garantir la qualité du produit au client ?

— Oh, arrête ! s'écria Cécile, furieuse. Comme si tu avais matière à douter de ma motivation et de ma compétence ?

Après toutes les heures passées sur ce dossier ? Tu ne manques pas d'air !

— Ça suffit tous les deux, on se croirait dans une cour de récréation ! intervint Kirsten Barnes avec autorité. Josh, si c'était une première, j'agirais sans doute autrement, mais tu es malheureusement abonné aux crises relationnelles avec tes partenaires. Je ne peux pas sortir une ingénieure de mon chapeau à chaque fois que tu te lèves du pied gauche ! Cécile a bien travaillé, si j'en crois les retours de satisfaction du client. Il y a des millions de dollars en jeu sur ce dossier. Alors vous allez tous les deux ravaler vos égos et vous mettre à bosser ! Je ne veux plus un mot plus haut que l'autre dans l'open-space ; et si vous devez vous grimper dessus une fois dehors faites-le, mais arrangez-vous pour que ça n'ait pas de conséquences sur l'ensemble de la boîte, c'est compris ?

Cécile devint écarlate. Se grimper dessus ? Mais de quoi croyait-elle qu'il s'agissait ? D'une querelle d'amoureux ?

Josh ne répondit rien, les lèvres pincées. Il avait l'air aussi furieux qu'humilié.

Cécile sortit la première. Lorsqu'elle franchit la porte du bureau, tous les salariés dans l'open-space firent mine de se remettre au travail. Ils n'avaient visiblement rien perdu de cet entretien houleux.

— Alors quoi ? demanda l'ingénieure, les lèvres pincées. Tu comptes me donner une explication ?

— Tu crois toujours que Kirsten me couvre ? cracha Josh. Si c'était le cas, aurait-elle pris ton parti ?

— Je n'ai jamais considéré que Kirsten te couvrait, malgré les dires de l'ensemble du bureau, si c'est ta question.

— Ah vraiment ? Et tu n'as pas profité des confidences que j'ai pu te faire dans un moment de vulnérabilité pour aller clamer à tout le monde que j'ai fait fuir Gwen ? C'était vraiment une vacherie, Pasteur. Tu joues les saintes-nitouches, mais t'es une garce.

Cécile se tenait droite, absorbant le flot d'injures. Elle venait de comprendre : Kirsten, Gwen… Josh avait entendu sa conversation avec Zaina, lundi matin. Mais dans ce cas, il avait aussi dû l'entendre prendre sa défense en expliquant que cette réputation était usurpée et mal à propos, n'est-ce pas ? Elle parvint à articuler :

— Josh, ce n'est pas ce que tu crois. Je n'ai pas dit ça comme ça.

— Oh, formidable, quel vaudeville. « Ce n'est pas ce que tu crois ». Épargne ta salive. J'ai eu un moment de faiblesse, je me suis ouvert à toi, et voilà les conséquences.

— Arrête, je n'ai jamais dit ça ! Écoute-moi à la fin !

Mais Josh avait remis ses affaires dans son sac. Il accorda à peine un regard à Cécile avant de répondre :

— Je me suis trompé sur toi. En fait, tu n'arriveras jamais à la cheville de Gwen.

— Josh… attends… gémit Cécile alors qu'il s'éloignait en direction des ascenseurs.

— Je vais bosser chez Momo's, ça m'évitera de te voir. Et arrête de m'envoyer des textos : si t'as un truc pro à me dire, fais un mail. Bonne journée.

Les portes de l'ascenseur se refermèrent sur lui. Dans l'open-space, tout était silencieux.

# 19.

Lorsque Josh Dixon rentra chez lui, même les caresses de Mildred, sa chatte rousse, ne l'apaisèrent pas.

Il fit chauffer de l'eau pour son thé – 185 °F, pas un de plus – et se laissa tomber sur son canapé.

Cécile l'obsédait, et pas dans le bon sens du terme.

Il aurait trouvé normal, voire même amusant, qu'elle le traite de sexiste, de salaud, et tutti quanti, juste une semaine plus tôt, quand il se donnait beaucoup de mal pour être exactement cet homme-là.

Mais après cette soirée à Pomona, où il avait pris le risque de se confier à elle, il trouvait insupportable qu'elle aille balancer à qui voulait l'entendre qu'il n'était qu'un pauvre type qui avait fait fuir Gwen. Il lui avait ouvert son cœur et elle l'avait piétiné.

Comment avait-il pu se tromper à ce point sur son compte ?

D'abord méfiant, face à cette étrangère qui croyait pouvoir remplacer sa partenaire, il avait progressivement appris à la respecter. Elle avait encaissé ses attaques avec une résilience qui l'avait laissé admiratif. Elle avait assuré le travail sur le dossier Herion avec efficacité et compétence. Elle était douée, vraiment. Et, chose essentielle, elle n'avait pas peur de lui.

Chronométrant le temps d'infusion de son Darjeeling « grand cru » à 40 dollars les 100 grammes, Dixon tira son téléphone de sa poche.

Son pouce glissa machinalement sur l'écran.

Mildred sauta en ronronnant sur ses genoux, cherchant des caresses et le jeune homme gratta affectueusement la chatte entre les oreilles.

— Salut, cousin, fit la voix familière de Molly Dixon au téléphone. Que me vaut cet appel ?

— Salut, Molly, murmura Josh, ça fait longtemps… Comment tu vas ?

— Ça va. La grossesse se passe bien. Mon médecin m'a recommandé du repos, alors je reste à la maison. Mes élèves me manquent un peu.

— Et Bob ?

— Mon mari va bien. Il n'y aura pas de divorce. Nous travaillons à rétablir la communication et retrouver la flamme des premiers jours.

Dixon sourit :

— C'est bien. Je suis sincèrement heureux pour toi.

— C'est la vie ! Merci d'avoir été là pour moi quand j'étais au fond du trou. Est-ce que tout va bien ?

— Oui. Enfin non, c'est compliqué. J'ai besoin… de tes conseils.

— À quel sujet ? Tu ne t'en sors pas avec le point jersey au tricot ?

— C'est moi qui t'ai appris le point de jersey, ne dis pas n'importe quoi. Je voulais te parler parce que je crois que tu es la personne qui me connaît le mieux au monde.

— Ça sent les ennuis. Qu'as-tu encore fait ?

— J'ai fait fuir la nouvelle Gwen, expliqua Josh en baissant la voix. Je l'ai harcelée pendant des semaines jusqu'à ce qu'elle pète un boulon et devienne agressive. J'ai merdé.

Molly ne répondit pas tout de suite. Josh l'entendit soupirer au téléphone :

— Mais pourquoi tu fais ça, Josh ? C'est pas la première fois… Je sais que tu as eu une enfance pénible et que tu es socialement maladroit, mais pourrir une collègue ?

— Oui, celle qui a repris le dossier Square Corp, cet hiver.

— Et bien, elle est compétente cette fille, non ? Qu'est-ce que tu lui reproches ?

— Je n'ai rien à lui reprocher, justement. Elle est parfaite. Elle m'a rendu coup pour coup, elle a assuré les dossiers, elle s'est mis la boss et toute l'équipe dans la poche.

— Alors, quel est le problème ? Crache le morceau, Dixon.

— Je… je ne sais pas trop ce qui s'est passé. J'ai appris à l'apprécier, on a commencé à bien s'entendre, et la semaine dernière en déplacement chez Herion, je lui ai parlé de moi, et de Gwen. Des choses que je ne dis jamais à personne, normalement. J'avais l'impression que j'étais en sécurité et j'ai baissé ma garde. Et le lundi suivant, en arrivant au bureau, je l'ai entendue raconter mes confidences à d'autres collègues dans la salle de pause.

— Qu'est-ce que tu as fait ?

— J'étais fou de rage. Je le suis encore, je crois. J'ai demandé à ma cheffe de remanier les équipes, mais elle a refusé. Alors je suis là, comme un con, avec une partenaire qui me méprise, des sentiments contradictoires, et une envie de vomir qui ne me quitte plus.

— L'envie de vomir, c'est un symptôme du cœur brisé. T'as tenté les urgences ?

Josh pouffa. Seule Molly savait le dérider comme ça.
— Je suis sérieux, Molly.

— Moi aussi, en fait. Et je suis heureuse que tu sois amoureux. Heureuse pour toi. Et si tu souffres comme un con, c'est bon signe. Déjà, parce que tu l'as bien mérité, en espérant que ça te remette les idées au clair ; ensuite, parce qu'il est temps que tu aies ta part de bonheur, à ton tour. Ne me dis pas qu'elle est mariée, elle aussi ?

— Elle n'est pas mariée, elle vit en coloc. Et je ne suis pas amoureux.

— Si tu le dis. Écoute-moi bien, Dixon. Tu m'as dit toi-même que j'étais celle qui te connaissait le mieux. Je crois carrément que je te connais mieux que toi-même. Alors ce que tu as entendu contre une porte, ça pouvait être n'importe quoi. Tu n'as pas le contexte. Et la seule façon de savoir ce que cette fille pense de toi, c'est d'aller lui demander. En privé.

— Elle va m'envoyer sur les roses.

— Et alors ? T'es en cristal ? Tu préfères continuer à ruminer comme un gamin à qui on a volé sa sucette ? Va lui parler, tu seras fixé tout de suite. Si c'est une connasse qui s'est payé ta tête, il sera encore temps de changer de partenaire. Qu'as-tu à perdre ?

— J'ai peur de réaliser que je me suis planté sur elle, et qu'elle n'était qu'une arriviste, comme les autres. J'ai peur que mes craintes soient confirmées, et qu'elle se soit foutue de moi.

— Qu'est-ce qu'elle pourrait faire pour te prouver le contraire ?

Josh songea au baiser dans la voiture, à la complicité dans la chambre d'hôtel. C'était trop intime pour l'évoquer, même à Molly. Il n'arrivait pas à croire que la femme à Pomona et celle dans la salle de pause soient la même. La déception n'en était que plus grande.

Il n'avait pas la réponse à la dernière question de son interlocutrice.

— Je n'en sais rien.

— À toi d'y réfléchir. Je vais te laisser, j'ai pas mal de choses à faire. Et termine de tricoter la couverture, je veux l'emporter à l'hôpital pour la naissance !

— C'est pour quand, déjà ?

— En octobre. Tu es large. Au boulot. Bonne soirée, disaster-man.

Elle raccrocha.

Mince, son thé !

L'appel avait duré plus longtemps que prévu ; la tasse devait être trop infusée.

Josh repoussa le chat de ses genoux pour aller humer sa théière. Évidemment, c'était gâché.

Contrarié, il vida l'ensemble et entreprit d'en préparer de nouveau, avec des gestes nerveux.

Molly avait raison, il fallait qu'il crève l'abcès avec Cécile Pasteur.

# 20.

Suite à cette altercation, Zaina fut un réconfort et un soutien, bien qu'elle eût peine à suivre les circonvolutions de la relation de Cécile et Josh !

— Je suis désolée qu'il te pourrisse la vie à ce point, soupira-t-elle.

— Moi aussi, répondit simplement Cécile. À un moment j'ai cru qu'on allait devenir amis, mais... il m'en a empêchée.

— Tant pis pour lui ! Tu as mieux à faire que de te morfondre pour une rupture d'amitié. Ce sont des choses qui arrivent. Tu rencontreras bientôt des gens qui t'apprécient réellement, et qui te font te sentir bien, au lieu de te faire souffrir en continu.

— Comme toi, tu veux dire ?

Zaina sourit, flattée.

— Par exemple, mais pas que ! Ton coloc, peut-être ?

Elle avait raison, Dennis s'était montré parfaitement amical avec Cécile. Si elle devait lui reprocher quelque chose, ça aurait été de manger les restes dans le frigo et de rarement se donner la peine de faire les courses. Il la remboursait de sa part, bien entendu, mais elle aurait apprécié qu'il fasse ses corvées !

Néanmoins, c'était un moindre mal, et probablement une petite misère comme il s'en passait dans toutes les colocations. Ils s'entendaient bien, partageaient leurs goûts musicaux et cinématographiques et continuaient à courir régulièrement. On aurait presque dit une vie de couple, en moins torride.

Comme c'était étrange que le terme « torride » lui évoque immédiatement son collègue-de-l'enfer, celui qui la faisait tourner en bourrique, quand il aurait été tellement plus simple de craquer pour son adorable colocataire !

Et c'était encore plus étrange, mais pas désagréable, de réaliser qu'en tous cas, Tom était sorti du tableau. Elle n'avait plus pensé à lui depuis des semaines, encore moins pleuré sur leurs souvenirs. Il menait une petite vie tiède dans son petit village, avec sa petite chérie. Au fond, elle n'aurait pas voulu de cette vie-là. C'était d'ailleurs la raison pour laquelle elle avait toujours refusé de quitter Lyon pour s'enterrer à Seynod…

Sa vie américaine était épuisante, mais c'était une aventure quotidienne. Finalement, c'était mieux ainsi !

— Regarde-toi, tu dépéris à vue d'œil, continua Zaina. Tu devrais lui parler.

— J'ai essayé, mais il m'a envoyée valser.

— Vous êtes tous les deux têtus comme des mules ! Un vrai combat d'égos ! Je vais finir par croire qu'il a vraiment trouvé son maître !

L'ingénieure leva les yeux au ciel :

— Je ne vois pas en vertu de quoi je devrais m'aplatir devant lui : je n'ai rien fait de mal, à part prendre sa défense !

— Sauf que ça, il ne le sait pas, et les apparences sont contre toi. Va. Lui. Parler !

— Il va encore m'envoyer balader, et je n'ai pas la force de l'affronter. J'ai juste besoin d'un peu de tranquillité.

– Okay, *here is the deal*[13] : tu vas lui parler, et s'il t'envoie chier, plus jamais je ne remettrai ce sujet sur le tapis. Mais si la situation se débloque… Tu devras euh… me cuisiner un plat français.

*** 

— Toi et moi, dans la salle de réunion. Maintenant.

Josh leva la tête. Cécile Pasteur se tenait debout devant son bureau, les sourcils froncés et les lèvres pincées.

— J'ai pas le temps, mentit-il. Si c'est pro, fais-moi un mail.

— J'ai vérifié ton agenda : tu as le temps, et la salle de réunion est bloquée. Ne m'oblige pas à demander un rendez-vous avec les RH.

— Des menaces, Pasteur ? siffla Josh.

— Fais pas le malin. On y va, et on règle ça une bonne fois pour toutes.

Josh soupira. Il n'avait aucune envie de céder aux injonctions de Cécile, mais d'un autre côté, les paroles de Molly le travaillaient. Il fallait qu'il lui parle, qu'il mette ça au clair. Tourner autour du pot ne menait à rien. Montrant son agacement à grand renfort de soupirs et de mimiques, il emboîta le pas à Cécile. L'instant d'après, elle refermait sur eux la porte de la salle de réunion.

— Écoute, commença-t-elle. Je sais ce que tu crois avoir entendu, et je comprends ta colère. Tu as le droit d'être furieux, mais tu dois m'écouter. Oui, j'ai dit à Zaina que tu te comportais comme un connard sexiste et je-ne-sais-

---

13. "Okay, voici ce que tu vas faire"

plus-quoi d'autre. J'ai aussi dit à Zaina que ça n'était pas étonnant que tu aies la réputation d'être dans les petits papiers de la patronne, et d'avoir fait fuir Gwen.

— Je n'ai aucune envie d'entendre ça.

— Ce que je crois que tu n'as pas entendu, Josh, c'est l'autre moitié de la conversation. Je disais à Zaina que tout ça, c'est la réputation que tu t'es forgée, en effet, mais qu'elle est injustifiée.

— Tu n'avais aucun droit d'aller baver à propos de ma relation à Gwen à qui que ce soit. Et pour info, tu ne connais rien de ma relation à Kirsten, ni de mon passé.

Cette fois, Cécile perdit patience.

— Est-ce que tu peux descendre de tes grands chevaux cinq minutes ? As-tu entendu une seule phrase de ce que je viens de t'expliquer ?

— J'ai entendu, mais j'ai aussi constaté que tu étais sacrément tordue. Pourquoi devrais-je te croire ? Je sais ce que je t'ai entendu dire. Le reste, tu pourrais aussi bien l'inventer pour tenter de garder ta place.

— C'est ça que tu crois ? s'exclama Cécile.

Rien ne se passait comme prévu. Elle avait convoqué Josh pour tenter de recoller les morceaux, et la situation lui échappait complètement. Mais elle en avait assez qu'il médise sur son compte sans réagir ! Elle reprit, après un hoquet :

— Tu crois que je viens te présenter des excuses et une alternative au scénario que tu as monté de toutes pièces parce que j'ai peur pour ma place ? Je n'en ai rien à foutre de ma place, Josh. J'ai largement montré que je la méritais et je n'ai rien à prouver, surtout pas à toi.

— C'est marrant, je n'ai pas entendu d'excuses.

— Mais tu es incroyable, à la fin ! Je n'en ai pas eu le temps ! Tu viens geindre que Cécile a dit ceci-cela sur ton compte, mais tu l'as bien cherché ! Depuis mon premier jour de travail, tu n'as pas exactement été tendre avec moi ! Alors ton numéro de gentil gars malheureux, ça me fait doucement marrer.

— Content que tu trouves ça drôle, parce que moi pas. Tu sais quoi, Cécile, j'ai lu quelque part que la confiance, c'est comme une flaque d'eau qu'on tiendrait entre ses mains : laissez-la filer, et elle est perdue à jamais.

— Je n'ai pas trahi ta confiance, c'est ce que je me tue à te dire. Tu es tellement… égotique et parano que tu es convaincu que le monde tourne autour de ta petite personne ! Redescends sur terre !

— J'ajoute égotique et parano à la liste des qualificatifs me concernant. Tu avais d'autres excuses à faire ou on arrête là ?

Le ton sarcastique de Dixon, imperméable à ses explications, rendait Cécile folle de frustration.

Elle eut une vision de violence, et se contraignit à respirer profondément pour ne pas le frapper.

À la place, elle fit un truc insensé.

L'agrippant par le col, elle l'attira à elle et écrasa ses lèvres sur les siennes.

# 21.

Dixon eut un mouvement de surprise, mais au lieu de la repousser, de protester, d'appeler les RH, il resserra soudain les bras autour de Cécile et lui rendit son baiser.

Bon sang, seul Josh savait l'enflammer comme ça. Elle manqua de trébucher alors qu'il la plaquait contre le mur pour lui dévorer la bouche. Tout son corps réagissait à ses baisers. Ses lèvres brûlantes contre les siennes déversaient des coulées de lave dans ses veines, emplissant son ventre, tordant ses orteils, et dépassée par la violence de son désir pour lui, elle laissa échapper un gémissement langoureux.

Il avait descendu une main sur sa hanche, et elle glissa contre ses fesses, l'empoignant fermement pour l'attirer contre lui. La jeune femme sentit le désir de Josh, dur et chaud, contre son ventre. Ça l'excita, et elle eut envie de le toucher. Est-ce qu'elle oserait le déshabiller, ici, en pleine journée, au bureau ?

— Fuck, tu me rends dingue, grogna Josh contre sa bouche. J'ai tellement… envie de… depuis le premier jour où je t'ai vue…

— Depuis le premier jour ? parvint-elle à articuler entre deux baisers. Je croyais que tu avais haï la connasse au café ?

— Je deviens… agressif… avec les femmes qui me plaisent… dit-il sans reprendre son souffle. Les rejeter en premier… m'évite une déception ensuite.

« C'est complètement stupide » voulut répondre Cécile, mais elle ne parvint pas à parler. La langue de son collègue dans sa bouche était en train de lui faire perdre la tête. C'était si bon que c'était forcément interdit par la religion. Elle glissa les mains contre son torse, le touchant à travers sa chemise, cherchant un passage.

Josh fut plus efficace. Des deux mains, il retroussa sa jupe haut sur ses hanches et, la saisissant sous les cuisses, la hissa à sa hauteur.

Le dos de Cécile frappa le mur et fit tinter les feutres sous le tableau blanc.

Qu'est-ce qu'elle était en train de faire ? Cette salle ne fermait pas à clé, n'importe qui pouvait les surprendre, et alors…

Cécile s'arracha à son baiser, le repoussa des deux bras.

— Arrête, tu es fou ? Pas ici !

— Sortons alors, souffla-t-il, comme ivre. Je rêve toutes les nuits de ce que j'aurais pu te faire dans cette voiture.

Il était décoiffé, ses yeux étaient rouges. On aurait dit qu'il était tombé du lit.

— Je n'ai jamais ressenti ça, dit-il encore.

— Vraiment ? Même pas pour Gwen ?

Le commercial cessa de l'embrasser pour la regarder dans les yeux. Il fronçait les sourcils sans comprendre et la relâcha pour qu'elle prenne appui sur le sol :

— Qu'est-ce que tu as dit ?

— J'ai demandé si c'était pareil avec Gwen. Tu étais tombé amoureux de ta partenaire, n'est-ce pas, et quand elle a fini par céder, elle a été contrainte de démissionner.

— Je… Oui, et alors ?

Cécile avait la peau en feu, les seins tendus, le corps réclamant des caresses, mais elle avait surtout un visa, une carrière en jeu. Elle se contraignit à respirer profondément et articula aussi posément que possible :

— Josh, je ne peux pas risquer ma place. Je refuse de rentrer en France sur un échec. Je ne peux pas… toi et moi. Je ne peux pas faire ça.

— Qu'est-ce que tu racontes ? souffla Josh. Tu en crèves d'envie. C'est toi qui m'as embrassé, cette fois.

— C'est vrai. Je le regrette. Tu es tellement insupportable quand tu es de mauvaise foi, c'était soit je t'embrassais, soit je te giflais. Il faut croire que tu me fais cet effet-là… Je suis désolée, je… Je ne peux pas sortir avec toi. Tu es mon binôme professionnel, il y a trop de choses en jeu.

— La situation est différente, protesta Dixon, qui parle de sortir ensemble ? On n'en est pas là.

Cécile fronça les sourcils, dégrisée :

— Ah oui ? Où en est-on alors ? Juste niquer un coup sur la table de réunion entre deux confcalls ? Je ne serai pas Gwen-bis, Josh. Je refuse d'être un pis-aller.

Le jeune homme se passa la main dans les cheveux, cherchant ses mots. Il avait les pommettes rouges.

— Cécile, laisse Gwen en dehors de ça.

L'ingénieure ajusta son chemisier et sa coiffure, puis essuya son rouge à lèvres :

— Je suis contente que nous ne soyons plus fâchés. Mais je ne souhaite pas aller plus loin. Je dois me concentrer sur ma carrière, il est hors de question de risquer ma place pour un flirt.

— C'est ce que je suis pour toi ? Un flirt ?

— En tous cas, tu m'as confirmé que tu ne tenais pas à ce que nous sortions ensemble. Je crois que c'est très clair.

— Ce n'est pas ce que je voulais dire…

— Moi si. Josh, tout ça est trop… compliqué pour moi. Je préfère prendre mon temps, d'accord ? J'ai eu tort de t'embrasser.

En deux pas, la jeune Française se tenait devant la porte, la main sur la poignée.

— Et c'est tout ? protesta le commercial. Tu m'embrasses, puis tu me jettes et tu t'attends à ce qu'on reprenne une relation professionnelle neutre ?

— Ça va devenir une habitude, chez nous... Ce n'est pas comme si c'était la première fois ! Mais si tu veux que je garde ma place chez Diatomir, tu vas devoir être raisonnable. Coucher avec mes collègues ne fait pas partie de mon plan de carrière.

Et là-dessus, elle quitta la pièce.

Josh resta un moment à l'intérieur de la salle de réunion, et cria sa frustration contre les murs.

Lorsqu'il rejoignit son poste de travail, il avait pris une nouvelle résolution : Pasteur serait désormais comme un collègue à l'étranger avec qui il ne communiquerait que par email, des échanges strictement professionnels. Elle verrait bien qu'il était capable de faire la part des choses, de tenir à distance travail et vie privée.

Après ce roller-coaster émotionnel qui l'avait laissé vulnérable et déboussolé, il avait au moins compris une chose : Gwen n'arrivait pas à la cheville de Cécile.

\*\*\*

Deux mois s'écoulèrent ainsi.

Fini les réunions, les cafés, les taquineries ; Cécile effectuait son travail comme un robot, faisait le nécessaire pour être efficace et respecter les délais. Dixon assistait à des réunions techniques avec elle, mais quittait les lieux sans lui proposer de la raccompagner. Il la mettait en copie de ses mails au client, mais ne lui adressait plus de messages directement.

Pour ne rien arranger, l'ingénieure ne fumait plus – interprétant la douche froide à l'hôtel comme un signe du destin – ce qui n'arrangeait rien à son humeur maussade.

Malgré ses belles paroles, Cécile craignait de perdre sa place. Si quelque chose tournait mal dans le dossier, l'accuserait-on d'avoir négligé son travail à cause de son flirt avec son collègue ? Ce genre de rumeur ne pardonnait pas, à fortiori quand elle était fondée.

Elle se sentait plus vulnérable que jamais… plus vulnérable que quand elle se moquait éperdument de ce type et de son mauvais caractère.

S'être attachée à lui allait causer sa perte.

# 22.

— Et c'est gagné ! s'exclama Kirsten Barnes en franchissant les portes de son bureau, brandissant une liasse de documents. Le POC Herion est un succès, le client a validé notre proposition commerciale !

On applaudit, et Josh se leva pour serrer les mains des collègues, des autres commerciaux et des développeurs qui avaient eu vent de la bonne nouvelle. On vint féliciter Cécile aussi, qui rougit, peu habituée à être le centre d'attention.

— Félicitations, Dixon ! Félicitations, Pasteur ! Vous avez bien travaillé ! Vous avez formé une excellente équipe, et j'ai été ravie de voir que malgré un démarrage houleux, vous avez réussi à vous entendre ces derniers mois.

Cécile se mordit la lèvre. « S'entendre », quelle blague... Il n'y avait jamais eu d'entente entre eux ! Passion ou haine, elle n'en était plus certaine, mais en tous cas, c'était loin d'être gérable. Est-ce que du point de vue extérieur, la guerre froide ressemblait à la paix ?

Ça voulait dire qu'elle avait réussi à sauver les apparences, c'était toujours ça de pris.

Mais Kirsten semblait aveugle à son désarroi, et continuait son discours :

— Le plus dur est passé, maintenant que le contrat est signé. Le plan d'implémentation est sur trois mois, et sauf exception, c'est l'équipe de développement qui va prendre le relai pour peaufiner le produit. Ce qui veut dire que vous pouvez tous les deux respirer et travailler sur d'autres projets ! Josh, tu paies une tournée ce soir pour fêter ça ?

Josh sourit poliment. Cécile le connaissait assez pour voir qu'il était mal à l'aise. Est-ce que l'allusion à leur merveilleuse entente l'avait perturbé, lui aussi ?

Il ouvrit la bouche pour répondre, mais Zaina intervint :

— Dans deux semaines, c'est mon anniversaire. On fêtera ça sur mon rooftop ! Cécile, Josh, ça vous dit ?

Cécile jeta un regard noir à son amie, et bougea les lèvres comme pour dire « à quoi tu joues ? », mais Zaina la gratifia d'un haussement d'épaules :

— Ce sera l'occasion de se voir en dehors du stress du boulot ! On fêtera votre succès et mes 33 ans avec du champagne !

Impossible de refuser une telle invitation, et d'ailleurs, la jeune Française n'envisagea pas de le faire. Zaina était sa meilleure amie chez Diatomir – et à San Francisco d'ailleurs – et il n'était même pas question de snober sa fête. Elle aurait simplement souhaité éviter de se retrouver face à Josh dans une soirée alcoolisée, elle n'était pas certaine de tenir longtemps ses résolutions.

Ils se retrouvèrent le soir même dans un pub irlandais un peu plus bas dans la rue – l'anniversaire de Zaina n'affranchissait pas Josh de la tradition de payer son coup – et Cécile prit place au bar aussi loin que possible de lui, à côté d'Emmitt, qui riait fort et montrait des photos de sa collection de figurines.

— Super boulot, lui dit Gisele, qui s'était approchée, une Guinness à la main.

— Merci. Je suis contente que le POC soit un succès.

— Je dois t'avouer qu'on se demandait quelle mouche avait piqué Kirsten, d'aller chercher une ingénieure en

Europe pour compléter notre équipe… je veux dire, on est dans la Silicon Valley, on doit pouvoir trouver des gens compétents à moins de 6000 miles !

Cécile laissa passer la remarque désobligeante qu'elle entendait en filigrane. « Qu'est-ce que tu as de plus que nous, étrangère ? », était un discours auquel elle était habituée et elle avait appris à ne pas s'en offusquer. Et encore, elle était blanche, arrivée d'Europe… quand c'était Zaina qui recevait ce genre de commentaire, c'était teinté de racisme, et nettement moins inoffensif. Heureusement, ça ne semblait pas être l'esprit en vogue chez Diatomir !

Elle sourit donc poliment, écoutant Gisele qui continuait à babiller :

— Mais vu le déroulé du dossier, je vois qu'elle a eu du flair ! Tu t'es parfaitement intégrée et j'ai l'impression que tu es parfaite pour le poste. Gwen n'était pas aussi investie que toi, il arrivait souvent que …

Cécile ne la laissa pas finir sa phrase, l'interrompant pour trinquer autant que pour l'empêcher de lancer des rumeurs sur la partenaire précédente de Dixon :

— Ravie d'avoir su prouver ma valeur ! J'ai hâte de recevoir mon prochain dossier. Est-ce que tu sais quels sont les prochains clients dans la ligne de mire de Josh ?

— Aucune idée, sourit Gisele, qui ajouta : pourquoi ne lui as-tu pas demandé ? C'est le genre d'information qu'il doit te transmettre…

« Josh et moi avons objectivement du mal à avoir des conversations strictement professionnelles, si tu savais… » pensa Cécile, qui ne montra rien de son trouble et sourit de plus belle :

— Je verrai avec lui directement. Et toi, qui sont tes clients ?

La conversation se poursuivit, innocente et professionnelle. Malgré leur méfiance initiale envers elle, les collègues de Cécile étaient bienveillants, et amicaux. Elle avait tant travaillé ces derniers mois, levant rarement le nez de son clavier quand elle n'était pas en déplacement chez le client, qu'elle les connaissait à peine.

— Ça arrive souvent, acquiesça Gisele quand Cécile lui fit cette observation à voix haute. On a tous tellement de boulot ! En fait, le meilleur moment pour faire connaissance et tisser les liens avec les autres, c'est le kick off de rentrée. Le prochain a lieu à la mi-août, avant la rentrée scolaire.

— Tout le monde y participe ?

— Oui, même les équipes de la côte Est. On se réunit quelque part dans un bel hôtel, on fait des réunions et du team-building. Ça picole pas mal et ça dort assez peu.

Oh misère. Plusieurs jours dans un hôtel de luxe, en huis clos, avec des flots d'alcool ? Est-ce que le ciel avait décidé de la mettre à l'épreuve ?

— Et si on ne peut pas venir ? Si on a des rendez-vous en clientèle par exemple ?

— Ah mais ce n'est pas facultatif ! Les dates sont déjà bloquées dans tous les agendas, si tu avais prévu de retourner rendre visite à ta famille en France, il faudra reporter…

De mieux en mieux. Un huis clos alcoolisé obligatoire. Cécile ferma les yeux un instant pour dissimuler son désarroi.

— D'accord. Et vous êtes allés où, comme ça ?

— Voyons. Cancún l'an dernier, New York il y a deux ans, Las Vegas encore avant… Après je ne sais plus, je ne travaillais pas encore chez Diatomir. On a ouvert des paris, tu veux participer ? La mise est de 10 dollars. Tu peux tenter de deviner l'état ou la ville. Les gains seront plus élevés si tu trouves la ville !

Cécile hocha la tête. 10 dollars, c'était cher pour un simple jeu entre collègues, mais snober ce genre d'activité communautaire était le meilleur moyen d'aggraver sa réputation, surtout pour une nouvelle recrue.

— D'accord, on participe comment ?

— On a un petit module en ligne, je t'enverrai le lien tout à l'heure. Il ne reste que jusqu'à la fin du mois de juin pour voter : Kirsten annonce la destination début juillet.

En dehors de la panique mêlée d'excitation inavouable qu'elle ressentait à l'idée d'un tel séjour en présence de tous ses collègues, la perspective d'un voyage tout frais payé quelque part en Amérique du Nord ravit la jeune femme. Qui refuserait une opportunité pareille ? Si pour les Américains, certaines destinations pouvaient paraître répétitives ou sans intérêt, Cécile était quant à elle presque impossible à décevoir. Envisager des destinations – Seattle ? Miami ? Nouvelle-Orléans ? – lui donnait déjà le sentiment de voyager.

À la réflexion, l'ingénieure ne regrettait pas cette petite soirée informelle : c'était la première fois depuis qu'elle était chez Diatomir qu'elle avait une conversation si longue avec quelqu'un qui ne soit ni Josh, ni Zaina ! Un instant, elle se demanda ce qui l'avait retenue, avant de se rappeler que tous autant qu'elle travaillaient 12 heures par jour, sautant parfois le déjeuner. Cette pause, une bière la main, sur fond de musique rock, était salutaire !

Et en plus c'était aux frais de Josh, aucune raison de se priver…

— Patron, une autre ! lança-t-elle, enfin détendue, en direction du barman.

# 23.

Elle n'était pas certaine de tenir sur ses jambes lorsqu'elle franchit les portes du pub.

Cette semaine avait été démente, marquée par des enchaînements d'émotions aussi fortes que contradictoires : tension, passion, stress, consécration.

Cécile sentait comme une retombée d'adrénaline, et pianota sur son téléphone afin de commander un taxi pour la reconduire chez elle.

Elle venait de refermer la portière quand on toqua à la vitre. La jeune femme fit signe à la conductrice de patienter un instant et entrouvrit la fenêtre :

— Pas la peine de prendre un taxi, belle blonde, je te raccompagne, susurra Josh Dixon en se penchant vers elle.

À son intonation, il n'était pas très frais lui non plus.

— Dans ton état ? Aucune chance, observa Cécile. Et tu devrais prendre un taxi, toi aussi. Ce serait dommage de mourir avant de toucher ta mirobolante prime !

— Fuck la prime, marmonna-t-il en s'accrochant des deux mains à la vitre. Je te la donne. Tu mérites au moins ça, c'est toi qui as fait tout le boulot. Moi, c'est rien que du blabla.

Pendant un instant, l'ingénieure fut tentée d'accepter. Elle pouvait certainement imaginer un bon usage des quelques centaines de milliers de dollars qu'il venait de mettre sur la table ! Et puis, ça lui apprendrait à picoler et à dire n'importe quoi. Mais elle se mordit la lèvre :

— Josh, tu as bu. Tu auras tout oublié demain.

— Nonononon ! protesta-t-il sans conviction.

Mais Cécile avait refermé la fenêtre et le taxi s'éloignait déjà. Il était complètement ivre, c'était la première fois qu'elle le voyait perdre ainsi son flegme. Son téléphone vibra, elle avait reçu un texto.

**Josh – 28 june - 11 h 35**
*la prim je t la don''z Cicile et nessuie mémé pas 2 la refusez*
**Josh – 28 june - 11 h 36**
*Cici*
**Josh – 28 june - 11 h 40**
*Cisssiiiiiiiiiiily*
**Josh – 28 june - 11 h 45**
*cccccccccccccccccCCCCCCCCCCCccccc*
**Josh – 29 june - 0 h 8**
*t là ?*

Punaise, il était rond comme un coing.

Cécile sourit et envoya un texto à Zaina.

**Cécile – 29 june - 0 h 15**
*Gurl[14], t encore sur place ?*
**Zaina – 29 june - 0 h 17**
*Sure whatsup[15] ?*
**Cécile – 29 june - 0 h 20**
*Tu peux retirer ses clés à Josh et le mettre dans un taxi ?*
*Il n'est pas en état de conduire*
**Zaina – 29 june - 0 h 22**
*Emmitt s'ne occupe. Dix a tenté de résister mais il a trébuché et s'est cassé la gueule. Il saigne au front ça l'a calmé. tt est ss*

---

*controle.*

**Cécile – 29 june - 0 h 26**

*UR the best. Gn8[16]*

**Zaina – 29 june - 0 h 23**

*xoxo*

En arrivant chez elle, Cécile abandonna ses chaussures dans l'entrée, et après être passée aux toilettes, elle se dirigea vers la cuisine pour chercher quelque chose à manger. Où étaient les saucisses à hot-dog ? Elle était certaine d'en avoir conservé dans un sachet scellé.

Le frigo était partagé en deux : les sections du haut étaient pour les réserves de Dennis, celles du bas pour elle-même. Mais les saucisses demeuraient introuvables.

— Cécile, qu'est-ce que tu fais ? Il est une heure du matin, protesta la voix ensommeillée de son colocataire.

— Je cherche à manger, tu ne sais pas où sont mes hot-dogs ?

— Okay mais tu ne pourrais pas faire moins de bruit ? T'as allumé toute la maison, je me suis pris les pieds dans tes chaussures à l'instant, il y a des affaires à toi partout !

— Désolée, répondit la jeune femme d'une voix traînante qui trahissait son ébriété, je rangerai demain.

— Tu as bu, en plus ? Tu pues l'alcool jusqu'ici.

Est-ce qu'il était grognon d'avoir été réveillé ? La fêtarde n'aurait pas su le dire, mais elle n'aimait pas le ton qu'employait Dennis.

Elle referma le réfrigérateur et lui fit face :

— J'ai largement 21 ans, tu veux vérifier mes papiers ? Retourne te coucher !

---

16. " T la meilleure. Bonne nuit "

— Comment veux-tu que je dorme avec le boucan que tu fais ? La maison est illuminée comme Las Vegas et tu fais un raffut de tous les diables !

— Et alors, tu ne bosses pas demain, si ?

— Qu'est-ce que ça change ? C'est la moindre des choses que de respecter le sommeil des gens !

Cécile leva les yeux au ciel :

— J'ai bien noté, je vais faire attention. Tu as déplacé mes hot-dogs ?

— Je les ai mangés, répondit simplement Dennis.

La jeune femme manqua de s'étouffer :

— Tu as mangé mes réserves ? Mais ils étaient sur MON étage, Dennis !

— Ils périmaient aujourd'hui ! Ça allait être gâché !

— Mais putain ! s'exclama Cécile, en français, signe qu'elle perdait son sang-froid.

S'il y avait bien un crime impardonnable, c'était celui-ci.

— Tu fais chier, Dennis ! Tu aurais pu me demander avant de piller mes réserves !

— Oh ça va, on en rachètera demain, répondit ce dernier en haussant les épaules.

Furieuse, Cécile se rabattit sur un sachet de pop-tarts qu'elle passa au toaster. Son colocataire, voyant que le sujet était clos, retourna se coucher, non sans mettre un coup de pied dans la chaussure que Cécile avait abandonnée dans le passage.

Son snack avalé, l'ingénieure se donna la peine de ramasser les affaires qu'elle avait négligemment jetées ici et là dans l'appartement – inutile d'en rajouter à l'agacement de Dennis – et s'enferma dans sa chambre.

Le pouce sur l'écran de son smartphone, elle relisait les textos de Josh Dixon. C'était étrange, qu'il lui ait envoyé des « Cissyyyy »... ça ne ressemblait pas à l'image qu'elle avait de lui, mais après tout, elle le connaissait assez mal. Avait-il de la famille ? Quelles étaient ses passions ? Que pensait-il de la fin de Game of Thrones ?

Ce qu'elle lisait dans cette façon de la supplier, c'était de la solitude, comme la sienne.

**Cécile – 29 june - 1 h 31**
*Tu dors ?*

**Cécile – 29 june - 1 h 46**
*Pas de réponse, ça veut dire que tu dors. J'espère que tu es rentré sain et sauf chez toi. N'en veux pas à Zaina de t'avoir obligé à prendre un taxi, elle l'a fait à cause de moi.*

**Cécile – 29 june - 1 h 50**
*Je lui ai demandé de le faire parce que je m'inquiétais pour toi. Tu aurais pu te tuer ou tuer quelqu'un, au volant. Et même s'il y a quelques mois, j'aurais réagi autrement à cette annonce, je voulais te dire que depuis quelque temps les choses ont changé.*

**Cécile – 29 june - 1 h 56**
*Je suis encore un peu ivre. Je pense à toi. Je suis seule dans mon lit, mon coloc a bouffé mes hot-dogs, et là tout de suite, je repense à cette nuit qu'on a passée dans la même chambre, quand tu as fini par terre parce que tu ne pouvais pas dormir.*

**Cécile – 29 june - 2 h 02**
*Je ne pouvais pas dormir non plus. Parce que...*

**Cécile – 29 june - 2 h 03**
*J'avais envie que tu me touches.*

**Cécile – 29 june - 2 h 04**
*J'y pense souvent.*

**Cécile – 29 june - 2 h 06**
*L'envie ne m'a jamais quittée, même dans nos pires moments.*

**Cécile – 29 june - 2 h 10**

*Un jour j'aurai le courage de te le dire en face. Bonne nuit, Josh.*

Cécile laissa l'écran se mettre en veille. Elle avait sommeil, et sa tête tournait un peu.

Qu'est-ce qu'elle attendait de Josh, au fond d'elle ? Qu'il l'appelle ? Qu'il débarque chez elle, la kidnappe, et lui fasse l'amour toute la nuit ?

Cette idée ne la rebutait pas, étrangement.

Elle s'imaginait le toucher de ses lèvres sur ses seins et son ventre, sur son sexe. Serait-il aussi agressif et passionné au lit que le reste du temps ?

Pour la première fois depuis des mois, en fermant les yeux et glissant sa main entre ses cuisses, ce n'était pas le visage de Tom, qu'elle imaginait penché sur elle. Et penser à son ex ne lui apporta aucun frisson, aucun désir. Était-elle enfin guérie ?

# 24.

Lorsqu'elle émergea vers 11 heures du matin, un des premiers réflexes de Cécile fut de vérifier ses messages.

Pas de nouvelles, ni de Zaina ni de Josh, mais une quasi-déclaration d'amour adressée à ce dernier, par contre.

— Fuuuuuuuuuuuuuuuck... murmura la jeune femme, affligée.

Tout était trop compliqué, avec Josh. Et les derniers messages qu'elle lui avait envoyés, brutalement sincères, allaient à l'encontre de leur dernière conversation, où elle lui demandait de la laisser en paix. Pas étonnant qu'il devienne irascible, si elle continuait ainsi à lui dire tout et son contraire !

Après une hésitation, elle rédigea un nouveau message. Autant tenter de limiter les dégâts...

\*\*\*

Josh s'éveilla avec une gueule de bois monstrueuse. Il savait pourtant qu'il fallait boire un verre d'eau entre chaque verre d'alcool pour éviter les maux de crâne !

Son doigt glissa machinalement sur l'écran du smartphone : il avait reçu 10 textos de Cécile... Son cœur se mit à battre. Lui était-il arrivé quelque chose ?

Si le contenu des messages leva ses craintes, il n'apaisa pas son cœur. Ce qu'elle lui disait le fit rougir jusqu'à la racine des cheveux. C'était presque une déclaration… jusqu'au dernier, envoyé ce matin même.

**Cécile – 29 june - 11 h 2**

*Hey, visiblement beaucoup d'alcool hier. Désolée, j'ai raconté n'importe quoi. Stp pour épargner ma dignité et la tienne, efface nos messages et n'en parlons plus jamais. À lundi, en tout bien tout honneur.*

L'enchaînement lui déplut. Décidément, l'alcool faisait ressortir le pire d'eux-mêmes, à elle comme à lui. Avait-elle tenté de profiter de son état pour lui extorquer cette promesse d'argent ? On parlait de centaines de milliers de dollars, juste ce dont il avait besoin comme apport pour débloquer un nouveau crédit et acheter son loft.

Ne trouvant pas les mots pour répondre, il commença par aller faire chauffer de l'eau pour son thé et donner des croquettes à Mildred. Sa relation avec Cécile était difficile à suivre. Depuis leurs baisers dans la salle de réunion, s'il avait cessé de la tourmenter, il ne pouvait par contre cesser de penser à elle.

Tout en elle lui plaisait. Son accent, sa façon de mal prononcer certains mots, ses mèches blondes qui frisottaient sous l'humidité de la baie, ses ridules au coin des yeux, la ligne délicate de sa gorge, la courbe de ses seins sous ses tailleurs, la vitesse de ses doigts sur son clavier, sa détresse d'ex-fumeuse déterminée à vaincre son addiction, mais torturée quotidiennement par cette dernière.

Pourquoi fallait-il toujours qu'il s'entiche des femmes avec qui il bossait ?

Peut-être parce qu'elles étaient brillantes, têtues, compétentes et brutalement sincères avec lui. Kirsten avait un talent indéniable pour flairer les candidates dont le tempérament s'intègrerait chez Diatomir !

Lorsqu'il eut terminé de rédiger son texto, son thé était prêt.

### Josh – 29 june - 11 h 13
*Bonjour, Cécile, je vois qu'on était tous les deux dans un sale état, hier soir. Mieux vaudrait qu'on évite de trop picoler à l'avenir! Si tu promets d'oublier mes textos avinés, je promets d'oublier les tiens, et nous garderons tous les deux un semblant de dignité. À lundi. Dixon.*

Voilà qui clôturait cette étrange soirée. Ce message n'appelait pas de réponse, et leur permettrait de se regarder en face en arrivant au bureau, lundi.

*** 

Cécile fronça les sourcils en lisant le texto, mais ne parvint pas à mettre de mots sur son malaise. Elle avait beau avoir trop bu la veille, elle se rappelait exactement tout ce qui s'était passé. Et les textos qu'elle avait envoyés, même s'ils étaient le fruit évident d'une désinhibition inhabituelle, étaient sincères. Elle en avait pensé chaque mot, et les écrire ainsi l'avait aidée à en mesurer l'ampleur.

Josh Dixon était pour elle synonyme de son éveil à la sensualité, après des mois de détresse affective et en dépit de son sale caractère.

Elle pensait que c'était réciproque – non, elle savait que c'était réciproque – ! Deux fois, il l'avait embrassée avec une ardeur qui ne pouvait pas être feinte. Cet homme se protégeait d'une armure glaciale, mais lorsque cette dernière avait rompu, c'était un flot passionné qui s'en était échappé.

Qu'espérait-elle ? Elle lui avait tendu une perche avant de la retirer brusquement. Elle avait pris peur. Peur de s'ouvrir à lui, peur pour sa place, peur d'admettre ses sentiments ? La désinhibition des litres de bière estompée, son premier réflexe avait été de se protéger à tout prix de son attirance pour son collègue. Difficile de lui reprocher sa réponse, dans ce cas.

Peut-être qu'elle aurait aimé qu'il insiste, ou qu'il se batte pour elle ? Le cœur gros, la jeune femme quitta sa chambre et entreprit de préparer du café. Elle rangea aussi le salon, établit une liste de courses, et fit dorer des toasts.

— Ça sent bon, murmura Dennis en quittant sa chambre à son tour, portant pyjama et chaussons.

Il se grattait la nuque dans une attitude ensommeillée et baissait les yeux d'un air penaud.

— Je suis désolé pour hier soir, dit-il. J'étais fatigué, j'ai été trop loin. Et je suis désolé d'avoir mangé tes hot-dogs.

L'excuse était si spontanée et si sincère, que Cécile sentit fondre sa colère. Elle lui tendit un mug de café fumant.

– *Apologies accepted*[17]. Et je m'excuse aussi. J'aurais dû respecter ton sommeil, et je me suis énervée beaucoup trop fort pour deux pauvres saucisses.

— Acceptées aussi. Merci.

Ils se sourirent, et Cécile sentit son cœur s'apaiser. Après le désastre « Josh », c'était réconfortant de ne pas en plus être fâchée contre Dennis !

— Je pensais aller courir tout à l'heure, tu veux venir avec moi ? proposa l'ingénieure, en sucrant son café.

---

17. " Excuses acceptées "

— Je suis désolé, j'ai un dossier à rendre la semaine prochaine. J'aimerais avancer.

— Oh, répondit Cécile, un peu déçue. J'aimerais bien… je ne sais pas, rencontrer tes potes. Tu bosses tout le temps, et quand tu ne bosses pas, tu es tout seul ici, avec moi.

— J'ai pourtant une grande famille… mais une partie de ma famille est au Nigéria, l'autre au Canada. Alors c'est sûr qu'on ne les voit pas beaucoup par ici ! Et puis toi c'est pareil, non ? Tu es tout le temps au bureau…

— Ah mais j'ai des amis au bureau ! Deux en un ! sourit Cécile.

Disant cette dernière phrase, elle sentit vibrer son téléphone : un appel entrant.

— Ah tu vois ? dit-elle triomphante à Dennis, un appel de ma pote du bureau ! Allô, Zaina, ça va ? Pas trop la gueule de bois ?

— Ça va. Paracétamol ce matin. Et toi ? Bien rentrée ?

— Oui, tout s'est bien passé. J'en suis mollement au petit-déj. Je pense qu'un brunch s'impose.

— Je voulais te parler de ma fête d'anniversaire, dit Zaina, j'ai oublié de le mentionner hier soir. Tu te rappelles quand nous avons parié que si les choses rentraient dans l'ordre entre Josh et toi, tu devrais me cuisiner un plat français ?

— Oh, je te vois venir…

— Exactement. C'est l'occasion. Je compte sur toi pour amener un truc !

— Mais, protesta Cécile, je ne vais pas te faire une tartiflette. Où veux-tu que je trouve du reblochon dans le coin ?

Elle avait prononcé « tartiflette » et « reblochon », plat local de Haute-Savoie, avec son accent français : ces mots-là n'avaient pas de traduction à sa connaissance. Bien entendu, c'était du charabia pour son interlocutrice, comme cette dernière eut tôt fait de le lui confirmer :

— Si tu le dis. Prépare ce que tu veux !

— Je vais me débrouiller. Est-ce que je peux venir accompagnée ? Tu connais mon colocataire Dennis ? On a couru ensemble déjà.

Dennis haussa les sourcils. Pourquoi était-il soudain impliqué dans cette conversation ? Cécile lui fit un sourire innocent : il était temps de lui présenter ses amies !

— Pas de problème, répondit Zaina. Plus on est de fous…

— D'acc. À lundi au bureau alors !

— Attends, attends j'ai un autre scoop ! J'ai fait boire Emmitt hier, et il a fini par me dire où on irait pour le séminaire. Tu as participé au concours ?

— Oui ! J'ai voté Orlando, Floride. Est-ce que j'ai gagné ?

— Perdu ! Et le lieu va faire des déçus… On reste quasiment sur place.

— Quoi tu plaisantes ? On fait le séminaire à San Francisco ?

— Selon Emmitt, à Napa Valley, ce qui est presque la même chose. Par contre y'a du bon vin, toi qui es une experte, tu vas pouvoir briller !

La jeune Française eut un hoquet :

— Je suis une experte en vin, maintenant ? Ça sort d'où ça ?

— De ton acte de naissance. Vive la France !

— Mais c'est n'importe quoi ! J'y connais rien ! Je sais à peine faire la différence entre un rouge et un blanc !

— Ne sois pas modeste. T'es trop mignonne. Bon ! J'entends mon livreur à la porte. À lundi !

Et ainsi, elle avait raccroché.

Cécile demeura un instant étourdie par le flot d'informations qu'elle venait d'absorber. Puis, elle releva la tête vers Dennis :

— T'es dispo, samedi dans deux semaines ? T'es invité à une soirée !

# 25.

Dennis avait accepté avec plaisir d'accompagner Cécile à l'anniversaire de Zaina.

L'ingénieure n'avait parlé que de ça pendant deux semaines : ce qu'elle allait porter, ce qu'elle allait apporter, ce qu'elle allait cuisiner.

Pour le cadeau, Cécile opta pour une offre de massage dans un luxueux institut. C'était moins risqué qu'un livre (elle ignorait les goûts littéraires de son amie) et moins impersonnel qu'une plante verte.

Pour la tenue, comme il s'agissait d'une soirée un peu classe, elle envisagea de porter des escarpins, mais songea qu'elle risquait de passer la soirée debout, et qu'elle se faisait déjà mal aux chevilles pendant toute la semaine. Elle porterait ses jolies baskets, celles avec les lacets argentés, et une robe fluide au décolleté plongeant. Voilà qui devrait moucher Josh et ses airs supérieurs !

— Je ne vois pas pourquoi tu veux absolument cuisiner quelque chose. Zaina aura tout prévu, c'est elle qui invite ! interrogea Dennis en enfilant sa veste.

Cécile referma la porte de la maison derrière eux tandis que Dennis approchait la voiture.

Que son colocataire soit motorisé présentait de réels avantages, pour faire les courses, par exemple. Il arrivait à la jeune femme de parcourir à pied les dix minutes qui la séparaient de la supérette Safeway, au bout de France Avenue, mais quand elle en avait l'occasion, elle aimait autant éviter de porter les sacs à bout de bras pour le trajet retour.

— Tout le monde m'attend au tournant. Je suis française, je dois apporter du vin, et je suis obligée de préparer à manger à cause d'un pari idiot.

— Tu te fais des idées.

— Je te jure que non, elle me l'a explicitement demandé. Le vin et le dîner.

— Le vin aussi, c'est un pari ?

Cécile haussa les épaules :

— Non le vin, c'est… Mon honneur qui est en jeu. Donc pas question d'acheter un truc de supermarché. J'ai fait une liste pour les courses ! Ça va bien se passer.

Pourtant, trouver les ingrédients pour la quiche lorraine s'avéra plus complexe que prévu. En France, la jeune femme avait l'habitude d'acheter sa pâte à tarte toute prête à dérouler, une composante incontournable de sa cuisine, tout comme les lardons. Hélas, il n'y avait rien de tel dans les rayons. Il ne lui restait plus qu'à préparer sa pâte elle-même – après tout ça n'était pas si compliqué – et pour le lard… des tranches de bacon coupées en petits morceaux feraient l'affaire.

— Est-ce que je vais passer pour une idiote si j'apporte du vin californien ? Je ne trouve pas de vin français.

Dennis esquissa un sourire :

— Tu me fais tout ce cinéma à propos de ta réputation de Française et tu veux apporter un vin produit à 60 miles d'ici ?

— Je n'ai pas le choix ! Idéalement, il faudrait un Côtes-du-rhône ou un Bourgogne, mais je n'en trouve pas dans ce boui-boui ! Même pas du bordeaux !

— Apporte une bouteille de chardonnay, toutes les femmes aiment ça.

— Ne dis pas n'importe quoi, protesta Cécile. Je vais chercher un sommelier.

— Pour quoi faire ? Il y a un liquor shop à 200 mètres.

— Un liquor shop ? Mais il ne s'agit pas d'acheter de la tequila au rabais, Dennis ! J'ai une réputation ! Je suis censée être la Française élégante, qui maîtrise la gastronomie et l'œnologie. S'ils se rendent compte que je pète au lit et que je trempe du maroilles dans mon café, je peux dire adieu à mon visa !

Dennis hésita. Perdre son visa ? Est-ce qu'elle était sérieuse ? Mais à l'expression ravie de la jeune fille, il comprit qu'elle venait de lui faire une blague si privée que lui-même n'en comprenait pas tous les termes.

— Tu trempes quoi, dans ton café ? dit-il enfin, choisissant de ne pas relever « je pète au lit ».

– *Nevermind*[18]. Écoute, il y a un magasin « The winehouse » à 10 minutes en voiture. Tu veux bien m'y emmener ?

Deux heures après, ils étaient enfin de retour. Cécile avait analysé les étiquettes d'une trentaine de bouteilles et cherché des renseignements sur Google en même temps pour préparer sa présentation. Elle refusait d'être prise à défaut.

— Tu te donnes trop de mal, objecta-t-il lorsqu'ils rentrèrent enfin. Zaina s'en moque, de l'histoire du domaine de sacrebleu -sur-baguette.

— Zaina sans doute, oui…

Cécile laissa sa réponse en suspens, et détourna le regard. Elle ne faisait pas ça pour impressionner Zaina,

---

18. "Peu importe"

et elle savait bien que cette dernière ne la jugeait pas. Elle rougit.

— Pour qui est-ce que tu fais tout ça, alors ? insista Dennis en rangeant les courses.

Josh Dixon.

Qui d'autre ?

Elle n'osa pas répondre à son colocataire, saisissant d'un bloc tout ce qui n'allait pas dans son attitude : après des mois, elle avait enfin abandonné son personnage de « Lyonnaise-working-girl-instagramable » et toute la pression qui l'accompagnait… seulement pour le remplacer par un nouveau personnage, « frenchy-business-casual-healthy »[19]. Et malheureusement, ce dernier venait lui aussi accompagné d'un cortège d'injonctions. Fais-ci, fais-ça, sois-comme-ceci, ne-sois-pas-comme-cela.

Est-ce que Zaina ne lui avait pas conseillé d'agir enfin comme il lui plaisait, et de cesser de tenter de se conformer à l'image qu'elle croyait que les gens avaient d'elle ?

Décidément, depuis trois mois, elle n'avait pas progressé le moins du monde.

La jeune femme chassa ces idées noires en retroussant ses manches :

— Peu importe. Tout le monde aime le bon vin ! Est-ce que tu veux apprendre à cuisiner une quiche lorraine ? C'est très simple, et tu pourras crâner comme un chef étoilé.

Dennis savait cuisiner la salade César, ainsi qu'une étrange recette de poulet aux câpres, mais il n'avait jamais préparé de pâte à tarte. C'est avec enthousiasme qu'il enfila un tablier.

---

19. " Française bosseuse, cool mais bio "

— C'est facile, dit Cécile en versant les dés de beurre tendre sur la farine, tu malaxes tout ça pour faire une sorte de sable, et après on ajoutera de l'eau.

Quelques minutes plus tard, il y avait de la farine plein le plan de travail.

— Doucement, c'est pas un concours de virilité ! Il faut frotter le mélange doucement entre tes paumes, comme ça.

Joignant le geste à la parole, Cécile glissa ses mains entre celles de Dennis, dans le grand saladier. Une pluie sablée et grasse glissait de ses doigts. Le jeune homme entreprit de l'imiter, et leurs mains s'entrechoquèrent.

— Pousse-toi un peu, souffla Cécile, j'ai presque fini.

— Pousse-toi toi-même ! C'est ma tâche, tu te rappelles ?

Elle lui donna un coup de hanche :

— Et bien maintenant que mes mains sont pleines de beurre, je termine ! Inutile de gâcher.

À cet instant, elle reçut une poignée de farine en plein visage. S'étouffant sur la poussière blanche, elle recula vivement pour essuyer ses yeux :

— On ne gâche pas la nourriture ! s'offusqua-t-elle.

— Ah mais je crois que c'était très mérité ! répondit Dennis en riant. Le meilleur usage au monde pour cette poignée de farine !

Il n'en fallait pas plus pour déclencher une bataille à l'intérieur de la cuisine. Cécile riait aux éclats devant le beau visage brun tout poudré de blanc de son colocataire. Il ressemblait à un panda !

Elle-même avait de la poudre dans les narines et se mit à éternuer violemment. Dennis cessa de rire, et s'approcha pour l'aider à se débarbouiller. Il avait les mains douces et chaudes. Cécile fut soudain troublée. Est-ce qu'elle aurait un léger faible pour son colocataire ? Ça serait tellement plus simple… Il était charmant, tous deux s'entendaient bien, et il prenait soin d'elle, sans rien lui demander en échange. Et puis au moins, il ne risquait pas de la tromper.

Elle recula d'un pas, rompant le silence intime qui s'était établi entre eux :

— Nous devrions ranger la cuisine et finir de préparer la quiche, murmura-t-elle.

Sans un mot, Dennis acquiesça. Mais Cécile sentit son souffle trembler. Partageait-il son trouble ?

# 26.

— Bienvenue, entrez ! Tu dois être Dennis ! s'exclama Zaina en ouvrant sa porte.

Cécile lui tendit son petit paquet soigneusement emballé :

— Joyeux anniversaire ! J'ai préparé une quiche lorraine et apporté du vin.

— Ouh la classe, siffla Zaina en s'emparant de la bouteille. Du vin de chez toi ?

— Précisément oui, c'est un Côtes-du-rhône.

Ouf ! Elle avait fait mouche. Elle avait bien fait d'insister pour apporter une vraie bouteille.

— Je vais le mettre au frigo, continua Zaina, on le boira quand il sera frais.

— Woh, woh, surtout pas ! intervint Cécile en reprenant la bouteille. On ne met pas le vin rouge au frigo ! Et pas de glaçons non plus. Sacrilège !

— D'accord, c'est toi l'experte. Venez sur la terrasse, pour l'instant le temps tient bon. On aura sans doute de l'orage plus tard.

Cécile et Dennis déposèrent leurs vestes sur les patères de l'entrée et se dirigèrent vers l'intérieur de l'appartement. Il mesurait environ 40 mètres carrés, propre et moderne, avec une cuisine ouverte sur un grand séjour dont on avait poussé les meubles. La pièce maîtresse de l'appartement était à n'en pas douter la terrasse, avec une vue dégagée sur la skyline de San Francisco.

Des bouteilles et des victuailles en tout genre s'amoncelaient sur une table couverte d'une nappe en papier. Un son aux basses graves résonnait dans tout l'appartement.

Dennis suivait docilement Cécile et serrait des mains. « Bonjour, je suis Dennis, un ami de Cécile. Tu es un collègue, toi aussi ? »

Il n'y avait heureusement pas que des collègues dans la soirée, mais aussi des amies de Zaina, et des membres de sa famille. Tout le monde faisait joyeusement connaissance, un verre à la main.

Lorsque Cécile arriva à hauteur d'un homme très grand, à la chevelure rousse flamboyante, son sourire se figea. Dixon tenait une flûte à champagne dans une main et son téléphone portable dans l'autre. Elle le trouva beau, et le souvenir de leurs baisers la frappa. Elle avait envie de lui, tout le temps.

C'était une lutte quotidienne de parvenir à garder son sang-froid en sa présence. Pourquoi fallait-il qu'ils soient collègues ? Aurait-elle pu le rencontrer dans d'autres circonstances ?

L'aurait-il seulement regardée si elle n'avait pas été sa brillante ingénieure ?

Elle parvint à annoncer, d'un ton aussi neutre que possible :

— Dennis, voici mon binôme Josh Dixon. Josh, voici mon colocataire Dennis.

Josh était plus grand que Dennis, et sans esquisser un geste pour lui serrer la main, baissa les yeux sur ce dernier.

La température parut chuter de plusieurs degrés.

— Vous êtes ensemble ? dit-il seulement.

Cécile ne fut pas certaine d'avoir compris la question.

— On habite ensemble, oui, si c'est ce que tu demandes. On est colocataires, tu te rappelles ?

— Tu travailles dans quoi, Dennis ? dit Josh en ignorant la réponse de Cécile, ce qui agaça sensiblement la jeune femme.

— Je suis consultant en cyber sécurité.

— À ton compte ?

— Non, je travaille dans une boîte qui fait des audits de sécurité. Avec toutes les start-up de la région, ce n'est pas le travail qui manque. Et toi, tu es le commercial avec qui Cécile travaille ? Elle m'a beaucoup parlé de toi.

À cet instant, Zaina interrompit la conversation :

— Cécile, je voudrais te présenter à mes invités. Mon ami Justin a été étudiant d'échange en France il y a dix ans, je crois qu'il serait ravi de te rencontrer ! Messieurs, on vous laisse.

Et sans attendre de réponse, elle entraîna la Française à sa suite. Dennis et Josh demeurèrent face à face, visiblement mal à l'aise.

— J'étais curieux de rencontrer enfin le fameux Josh Dixon, grand amateur de belles voitures… commença Dennis en buvant une gorgée de bière.

Josh sentit son pouls accélérer. Il n'aimait pas être seul avec des inconnus, surtout des gens qui pouvaient potentiellement en savoir sur lui à travers des on-dit. Le sourire goguenard de Dennis ne lui disait rien de bon… Qu'est-ce que Cécile avait été raconter à son sujet ?

— Je suppose que c'est Cécile qui t'a dit ça ?

— Qui d'autre ? C'est moi qui la récupère en miette tous les soirs, quand elle rentre épuisée du travail après avoir subi tes attaques toute la journée. Ça t'amuse, de t'acharner sur une jeune fille vulnérable et déracinée ? C'est minable.

Josh haussa les sourcils. Il ne s'était pas attendu à une attaque aussi frontale. Il inclina légèrement la tête, comme pour s'assurer que personne ne pouvait les entendre :

— Cécile n'est pas une fragile princesse ; elle n'a pas besoin d'un chevalier en armure rutilante pour la protéger. Si c'est ta stratégie pour la sauter, tu vas être déçu.

— Je ne cherche pas à « la sauter », je suis trop respectueux des femmes pour ça. Pas comme tout le monde... Si j'ai bien compris, la seule raison pour laquelle elle n'a pas porté plainte après l'agression à Pomona, c'est parce qu'elle a besoin de ce job. Tout le monde n'est pas le petit protégé de la patronne.

L'agression de Pomona ?

Un instant, Josh fut déstabilisé par l'assurance de son interlocuteur. Une agression ? Était-il arrivé quelque chose à Cécile dont elle ne lui avait pas parlé ?

C'est alors qu'il comprit que Dennis faisait allusion à leurs baisers torrides dans la voiture. C'était ridicule. Si Cécile avait eu le sentiment de subir une agression sexuelle de sa part, elle n'aurait pas dormi dans son pyjama quelques heures plus tard !

La tentation de jeter le contenu de son verre – ou son poing – dans la figure de l'indésirable fut extrême, mais Dixon songea que Zaina ne lui pardonnerait jamais d'avoir gâché sa soirée. Il serra les dents.

— Donc je suis un minable et un agresseur sexuel. A-t-elle dit autre chose à mon sujet ?

— Elle m'en a dit suffisamment, et elle souffre assez pour que je sache quel genre de macho-man tu es. Alors je te conseille de te tenir loin d'elle. Tu ne la mérites pas.

— Mais toi oui ? C'est ce que tu essaies de me dire ? « Bas les pattes, Cécile est ma chasse gardée ? »

Dennis plissa les yeux, l'air mauvais. Ce grand type roulait des mécaniques, mais il pleurait sans doute tous les soirs dans son lit en suçant son pouce. Il ne lui faisait pas peur.

— Le message est : laisse-la tranquille, compris ?

— C'est pas de bol, Lancelot, siffla Dixon, parce qu'on bosse ensemble. Étroitement. Est-ce qu'elle a oublié de le mentionner ?

— Tu m'as très bien compris.

— Est-ce que Cécile sait que tu tiens ce genre de propos à son sujet ? Peut-être que tu vas pisser sur ses chevilles, ensuite, pour marquer ton territoire ?

— Pauvre type, cracha Dennis, en tournant les talons.

L'Afro-Américain abandonna Dixon seul sur la terrasse. Ce rouquin pouvait rouler des mécaniques tant qu'il le voulait, il avait réussi à saboter tout seul ses chances avec la jolie Française. Qu'il continue sur sa lancée, elle finirait par comprendre combien ce dernier était toxique ! Il se tirait une balle dans le pied.

# 27.

On chantait « joyeux anniversaire », et Dixon se décida à revenir à l'intérieur participer aux festivités. Ses mains tremblaient. L'altercation avec le colocataire de Cécile l'avait ébranlé plus qu'il ne l'avait laissé paraître. Est-ce qu'elle disait réellement à droite et à gauche qu'il l'avait agressée sexuellement, malgré ses belles paroles pleines d'émotions et de remords prononcées lors de leur face-à-face précédent ?

Quel foutu double jeu jouait-elle ? Elle lui soufflait le chaud et le froid, l'embrassait, le repoussait, il commençait à fatiguer de ce yoyo perpétuel.

Dennis avait été entraîné à l'autre bout du séjour par un cousin de Zaina qui voulait parler de la sécurité des données de sa start-up. Dixon en profita pour revenir près de l'ingénieure, prétextant une curiosité soudaine pour sa fameuse quiche lorraine.

— Ça se passe bien, avec ton coloc ? dit-il innocemment.

Cécile tourna la tête, surprise d'entendre une question aussi innocente dans la bouche du commercial.

— Oui, très. Sinon je ne lui aurais pas demandé de m'accompagner.

— Il ne s'est rien passé de… d'inconvenant ?

Cécile fronça les sourcils :

— Qu'est-ce que ça peut te faire ? Tu surveilles mes fréquentations ? Tu n'es pas mon père, Dixon. Et tu n'es pas non plus mon petit ami, que je sache !

Touché.

« Est-ce que tu lui as dit que j'étais un prédateur sexuel ? »

« Il veut coucher avec toi, ça crève les yeux. Est-ce que c'est vraiment ton souhait ? »

Aucune de ces deux phrases ne franchit les lèvres du jeune homme. Après tout, il n'était pas son petit ami, comme elle venait de le dire si aimablement…

Il parvint malgré tout à articuler :

— Méfie-toi de lui. Je ne le sens pas, ce type.

Mais Cécile le repoussa avec un rire moqueur :

— Ah ! Voilà autre chose ! Le grand Josh Dixon ne peut pas blairer quelqu'un au premier regard ! Ça nous change !

— Cécile, écoute…

— Non, toi tu écoutes, interrompit la jeune femme. Peu importe ce qu'il y a entre nous, nous ne sommes pas un couple, toi et moi. On a… essayé d'essayer, ça n'a pas marché. Alors, restons-en là. Et ne t'en prends pas à Dennis, ce serait petit et mesquin. C'est mon ami, et si tu me respectes, alors tu dois le respecter aussi. C'est compris ?

Il haussa les épaules. Elle parlait avec aplomb, mais elle se trompait : aucune chance qu'il respecte un type qui venait de lui faire un tel numéro.

— Je te respecte, et j'ai de l'affection pour toi, Cécile, mais tu ne peux pas me demander d'être ami avec ce clown.

— Il le faudra bien pourtant. Je n'ai aucune intention de m'isoler de mes amis parce que tu es possessif et jaloux.

Le commercial soupira. Le ton montait trop vite avec sa partenaire. L'un comme l'autre semblaient à fleur de peau dès qu'ils étaient à moins d'un mètre l'un de l'autre. Ça devait donner des feux d'artifice sous les draps, mais au quotidien, c'était épuisant pour tout le monde. C'était…

l'huile et l'eau. Ça n'allait pas ensemble, mais si on les chauffait, ça provoquait des explosions.

Elle lui avait tourné le dos, et il la retint par le coude.

— Cécile, souffla-t-il. Ces textos que tu m'as envoyés, est-ce que… ?

— J'étais ivre, Josh. Tu m'as toi-même envoyé un message pour me promettre ta prime ! Je crois qu'on s'est entendus pour oublier ça.

— Ça ne voulait rien dire, alors ? J'ai espéré que… Tu sais à Pomona…

Il avait l'air si vulnérable, soudain, qu'on aurait dit un chiot perdu.

— Arrête, souffla Cécile. Tout le monde va nous voir. Tu veux être au cœur des ragots, de nouveau ?

— Tant pis pour les ragots ! Ton message… il avait l'air sincère, et je…

— Et toi ? Le fric, c'était sincère aussi ?

— Ça n'a rien à voir…

La jeune femme fit une grimace :

— Évidemment. Quand tu m'offres 800 000 dollars, ça ne compte pas, mais quand je te dis je-ne-sais-plus-quoi, je signe avec mon sang !

— Où veux-tu en venir ? protesta Josh sans relâcher son bras. C'est le fric que tu veux ?

— Je me moque de ton fric. C'est même indécent, une somme pareille.

— Alors quoi ? Je ne te suis plus !

— Je t'explique que ta promesse de pognon, elle était sans valeur. Mes textos d'ivrogne aussi. Peu importe ce qui s'est passé à Pomona, ou au bureau : on ne peut pas sortir ensemble, Josh. C'est impossible.

— Mais qui nous en empêche ?

Il l'avait entraînée à l'écart de la foule, dans un recoin de la terrasse, hors des regards.

— Tu en crèves d'envie, tu me l'as déjà dit. Tant pis pour les ragots, Cécile. Ton message, je ne l'ai pas supprimé. Je le relis tous les jours. Je crois que celui qui n'aurait pas dû partir, c'est celui du lendemain, quand tu as paniqué.

Cécile n'aimait pas son ton, sa façon d'avoir l'ascendant sur elle. Elle s'en voulait de se sentir chauffer d'être ainsi coincée entre ses bras et la façade, à quelques centimètres de sa bouche. Il était sexy, dans ce jean casual, porté avec une chemise dont il avait retroussé les manches au-dessus des coudes. Ça la rendait dingue d'être aussi sensible au charisme de cet homme, le dernier sur terre dont elle devait tomber amoureuse. Il y avait trop d'enjeux.

— S'il te plaît, laisse-moi, souffla-t-elle.

— Tu as entendu ? Elle te demande de la laisser tranquille ! fit la voix de Dennis, derrière eux.

— Tiens, revoilà Lancelot, dit Dixon en haussant les épaules. Cécile doit apprécier que tu te comportes comme un mari jaloux.

— Cécile n'a rien à te prouver, répliqua Dennis, et elle te l'a déjà dit.

— Quand elle a un truc à me dire, elle le fait, et n'a pas besoin d'un porte-parole.

— Visiblement, il faudrait, parce que t'as l'air bouché. Elle t'a demandé de la lâcher.

Ladite Cécile repoussa Josh des deux mains, les joues rouges de fureur :

— Ého ! Je suis là ! Ça ne vous dérange pas de parler à ma place ?

— Non, Cécile, je suis dans ton camp, là, bredouilla son colocataire, perdant un peu d'assurance.

— Mais bon sang, je ne t'ai rien demandé ! Et à toi non plus, Dixon ! Regardez-vous, on dirait des coqs, là, à gonfler vos plumes ! Je ne suis pas un trophée pour le plus viril ! Vous êtes insupportables !

Et sans ajouter un mot, elle bouscula Dennis pour rentrer à l'intérieur de l'appartement.

Dixon serra les poings et foudroya du regard son rival, qui se contenta d'un demi-sourire :

— Qu'est-ce que tu vas faire ? Me frapper ? Tout de suite la violence !

— T'es vraiment un minable, cracha Josh en retroussant sa lèvre d'un air de mépris.

Cécile n'entendit pas la fin de leur dispute. Elle avait embrassé Zaina et récupéré ses affaires.

— Tu pars déjà ? s'étonna cette dernière.

— J'en peux plus de ces machos gonflés de leur suffisance, là. Je vais prendre l'air.

— C'est Dixon qui pose problème, encore ?

— Non, laisse tomber, c'est plus compliqué que ça. Je suis désolée. Je t'appelle, d'accord ?

Mais Zaina la rattrapa :

— Attends, pas question que Dixon gâche ma soirée et fasse fuir mes potes ! Tu restes ici, et lui, je le dégage.

— Non, attends ! protesta Cécile, mais c'était trop tard : Zaina se dirigeait droit sur Josh Dixon, sur la terrasse.

Cécile n'entendit pas tout ce que Zaina dit à Josh, mais elle assista, impuissante, l'estomac noué, à la scène qui se déroulait, comme muette, sur la terrasse. Depuis l'intérieur de l'appartement, elle n'entendait pas ce qu'ils se disaient, mais son amie avait l'air furieuse.

Dixon, qui était pourtant capable d'être virulent et agressif, avait les mains dans les poches, et paraissait encaisser les reproches sans broncher.

Finalement, il rentra dans l'appartement, saisit sa veste, et se dirigea vers la porte d'entrée.

Cécile le rejoignit :

— Josh, écoute...

— C'est bon, Cécile, dit-il simplement. Moi aussi, je suis fatigué de cette situation. Tu as visiblement besoin de régler des trucs avec toi-même avant d'en régler avec moi. Je rentre, je te verrai au bureau lundi.

Elle ne trouva pas de mots pour lui répondre, lui toucha le bras, cherchant comment le retenir, mais il se dégagea, la main sur la poignée de l'appartement :

— Tu connais mes sentiments. Quand tu seras prête, tu sais où me trouver.

Et il quitta les lieux, refermant la porte derrière lui en prenant soin de ne pas la claquer.

Cécile resta figée devant cette porte close, le cœur gros. Tout ça n'était qu'un affreux malentendu. Pourquoi était-il si difficile de communiquer avec Josh ?

Est-ce qu'il avait raison ? Est-ce qu'elle devrait régler ses propres problèmes avant de le faire entrer dans sa vie ?

À cet instant, Dennis arriva derrière elle et lui tendit un verre de vin rouge :

— Allez ma belle, la fête continue !

Il avait raison. C'était l'anniversaire de Zaina, une vraie bonne soirée, sur un rooftop avec une vue imprenable. Dixon et ses états d'âme ne pouvaient pas en permanence l'empêcher de profiter de la vie !

Elle but un peu, mais se rabattit sur l'eau pétillante en fin de soirée, pour garder les idées claires, et dansa beaucoup.

Dennis l'entraîna dans des rocks endiablés, riant à gorge déployée.

Il sentait bon, une eau de Cologne douce, et ses mains sur ses hanches étaient chaudes.

# 28.

Lorsqu'il fallut rentrer, Cécile souhaita encore une fois un joyeux anniversaire à Zaina, et laissa Dennis l'entraîner vers sa voiture. Il roula prudemment jusqu'à Moscow street.

Cécile se sentait bien, elle se sentait légère. Elle aurait volontiers fumé une cigarette, tiens.

— T'as pas des clopes ? dit-elle à Dennis qui déverrouillait la porte d'entrée.

— Depuis quand tu fumes, toi ? répondit-il en haussant les sourcils.

Elle rit :

— J'ai arrêté. Mais ce soir, j'ai envie de… je ne sais pas…

— Tu veux une dernière bière ? Ou autre chose ? dit Dennis en lui caressant la hanche pour qu'elle le laisse passer.

Sa main laissa comme une brûlure. Cécile avait chaud. Elle voulait qu'on la touche. Il avait vu juste : c'était moins d'une cigarette, dont elle avait envie, que d'un plaisir voluptueux, de sensualité.

Elle n'avait pas fait l'amour depuis des mois, et soudain la solution lui parut évidente. Sans ajouter un mot, elle se hissa sur la pointe des pieds et embrassa Dennis.

Sa bouche était très différente de celle de Josh, ou même de celle de Tom. Dennis avait des lèvres épaisses, moelleuses, très tendres, et il lui rendit son baiser avec un soupir.

Elle sentit qu'il lui saisissait la taille et la repoussait à l'intérieur de la maison.

Les bras autour de son cou, la bouche scellée à la sienne, Cécile se laissa entraîner jusqu'au séjour, où l'arrière de ses cuisses heurta le dossier du canapé. Elle manqua de basculer en arrière, mais son colocataire la retint, et d'un geste expert, ouvrit le zip de sa robe et glissa ses mains dessous, contre sa peau.

Elle le laissa faire, saisit son t-shirt pour le repousser par-dessus de sa tête. Il dut la relâcher un instant pour l'aider et rejeta bientôt son vêtement au sol, lui apparaissant torse nu pour la première fois.

— J'avais jamais réalisé que... balbutia-t-elle en se mordant la lèvre.

Elle rougit, devant la promesse de volupté de ce corps d'homme, à la peau brune et veloutée. Il était lisse et musclé, elle y déposa timidement la paume de sa main.

Le contraste de cette main si blanche sur ce torse si sombre la fit sourire.

— Réalisé que quoi ? dit Dennis en l'aidant à retirer sa robe. Que j'étais beau gosse ?

— Quelque chose de cet ordre, oui... dit-elle, le cœur battant.

Le désir la submergea. Elle voulait le toucher, le goûter. Il était beau, comment ne s'en était-elle pas rendu compte avant ? Dennis lui prit la main, l'entraîna à sa suite de l'autre côté du canapé, où il l'allongea sur le dos. Cécile portait encore ses sous-vêtements, lui son jean.

Délicatement, il déposa sur son menton, sur son cou, sur sa gorge, des baisers humides. Elle se cambra lorsqu'il embrassa le téton, à travers le satin de son soutien-gorge.

— J'ai toujours su que tu étais une bombe, moi par contre, souffla-t-il. J'ai envie de te sauter depuis que tu as franchi cette porte la première fois.

De quoi?

Cécile fronça les sourcils. Cette dernière phrase lui avait déplu. Mieux valait qu'il se taise, la poésie n'était visiblement pas son point fort. Mais s'il savait s'y prendre avec ses mains – et le reste –, elle ferait l'impasse.

— Tu es déjà trempée, observa Dennis en plaquant sa main contre la culotte de Cécile.

Et sans attendre, il glissa les doigts dessous, contre sa toison bouclée, et descendant encore, il enfonça un doigt en elle.

Cécile gémit avec une grimace :

— Dennis, protesta-t-elle, tu vas trop vite. Tu me fais mal.

— Ne t'inquiète pas, murmura-t-il en l'embrassant de nouveau, fais-moi confiance. Je vais te faire du bien.

Cécile lui saisit fermement le poignet, le contraignant à la relâcher. Elle ne souriait plus.

— Doucement, j'ai dit. Y'a pas le feu.

Son cœur battait fort, sa peau était froide.

« Détends-toi » se dit-elle. Mais en trois phrases, l'envie lui était passée. Le poids de Dennis sur son corps était devenu inconfortable. Elle se tortilla pour se dégager.

Son partenaire s'appuya sur un coude pour la soulager de son poids, et l'embrassa tendrement :

— Pardonne-moi, murmura-t-il. Je suis trop pressé. Je vais y aller doucement.

La jeune femme se détendit. C'était mieux. Elle lui rendit ses baisers, accueillant sa langue dans sa bouche, nouant ses bras autour de son cou.

Dans l'ardeur de leurs caresses, elle sentit qu'il défaisait son soutien-gorge, et se trouva alors seins nus devant lui. Elle se cambra en gémissant lorsqu'il referma sa bouche sur son téton.

L'envie revint, comme une coulée de lave dans ses veines. Son corps ondula, frottant son sexe contre celui, tendu, qu'elle sentait à travers le jean de son amant.

Il avait ôté ses mains de ses seins, et basculé sur le côté pour défaire sa braguette et ôter son pantalon.

Il ne se déshabilla pas entièrement, dégageant simplement son pénis, sombre et tendu, et saisissant Cécile par les hanches, il l'attira brutalement contre lui.

Il se frotta contre son ventre, en longs mouvements du bassin, puis relevant les genoux de la jeune femme, il lui ôta sa culotte. Elle était enfin nue mis à part ses baskets, qu'elle portait toujours aux pieds.

Le regard brillant de son amant, sa respiration saccadée et sa bouche entrouverte mirent fin à l'intention de Cécile de prendre son temps. Il était visiblement pressé.

« Disons qu'il est ardent », songea cette dernière, renonçant à lui enseigner les préliminaires.

Il aligna l'extrémité de sa verge avec le sexe de Cécile, quand elle l'interrompit d'une main sur sa poitrine :

— Capote ?

Dennis fronça les sourcils :

— De quoi ?

— Mets une capote, répéta la jeune Française.

Le jeune homme eut un mouvement de recul :

— J'ai trop envie de toi, j'ai envie de te sentir vraiment.

Cette fois-ci, Cécile recula sur les coudes, redescendant les genoux :

— Non mais sérieusement. On met une capote.

— Ne t'inquiète pas, ma belle, répéta Dennis en se penchant pour l'embrasser. Je suis clean.[20] Et puis tu prends la pilule, n'est-ce pas ?

Le cœur de Cécile battait fort. Elle sentit ses tempes brûler, elle devait être écarlate. Elle se dégagea pour de bon, descendant du canapé, chercha sa culotte par terre :

— Attends « je suis clean » ? C'est comme ça qu'on fait dans ce pays ? Okay pour une baise, mais on met une capote !

— Tu n'as pas confiance en moi ? protesta Dennis. Tu t'apprêtes à baiser un mec, mais tu n'as pas confiance en lui ?

— Mais ça n'a tellement rien à voir !

Cécile avait enfilé sa culotte et se couvrait la poitrine en cherchant sa robe.

— La moindre des choses, quand on respecte son partenaire, c'est de mettre une capote ! Et pour ta gouverne, non je ne suis pas sous pilule, j'ai pas encore trouvé comment avoir une prescription. C'est non-négociable, Dennis !

Ce dernier s'était relevé, avait remis son jean.

— Tu ne prends pas la pilule et c'est moi qui ne suis pas digne de confiance ? Tu ne crois pas que tu aurais pu me le dire ! s'exclama-t-il, outré, en agitant le t-shirt qu'il tenait dans son poing.

— Te le dire quand ? Au petit-déj, avant de partir au bureau ? Je te le dis maintenant, ça me semble adéquat, non ?

— Okay, okay, admit-il avec un geste apaisant des deux mains. Je peux sortir trouver une pharmacie de nuit. J'en aurai pas pour longtemps.

---

20. "Je n'ai pas de maladie"

Mais Cécile ne desserrait pas les dents :

— Laisse tomber. Je ne suis pas un trophée ni une bombe qu'on saute. Bonne nuit.

Et sans attendre de réponse, elle claqua derrière elle la porte de sa chambre.

# 29.

Difficile de dire si l'ambiance fut plus tendue à la maison ou au bureau dans les jours qui suivirent.

Dennis se montra aussi maussade que Josh fut aimable.

Malgré la distance polie que ce dernier affichait désormais, la jeune femme ne pouvait s'empêcher de ressentir un trouble… une sorte de regret, lorsqu'elle se trouvait à proximité de lui.

En réunion, elle sentait son eau de Cologne, un parfum qu'elle avait humé pour la première fois alors qu'ils se croyaient enfermés dans la salle des serveurs d'Herion.

Dans les couloirs ou la salle de pause, leurs épaules et leurs doigts se frôlaient, et Cécile croyait sentir une caresse de sa part, une façon secrète de s'approcher d'elle. Mais peut-être prenait-elle ses désirs pour des réalités ? Car ses désirs, elle n'en doutait plus à présent, s'orientaient tous vers Josh Dixon. Elle avait espéré pouvoir s'envoyer en l'air sans conséquence avec son ami Dennis, mais ça avait tourné au désastre et elle réalisait que ça n'était pas vraiment un accident. Un cas d'école « d'acte manqué » !

— Est-ce que ça va ? lui demanda Josh alors qu'elle saisissait son café matinal, chez Momo's. Tu as l'air fatiguée.

— J'ai une sale gueule, c'est ta façon de dire bonjour ? cracha Cécile, qui regretta aussitôt cette saillie.

Ce n'était pas de la faute de Josh si elle était dans la merde avec Dennis. Elle avait fait ça toute seule.

Mais le commercial ne s'énerva pas, et ne parut même pas se vexer du ton qu'elle venait d'employer. Il demeura stoïque, la bouche pincée :

— Tu as… les épaules basses. Je t'entends soupirer au bureau. Est-ce que je peux faire quelque chose ?

Pourquoi était-il soudain si bienveillant ?

Voldemort, l'odieux-en-chef, s'était-il transformé en adorable nounours, comme un gremlins inversé qui redeviendrait Gizmo ? Où était le piège ?

— C'est gentil de ta part. Excuse-moi de… t'avoir envoyé balader, à l'instant. J'ai des soucis, mais je ne peux pas en parler. Pas avec toi.

— D'accord. Si tu changes d'avis ou si tu as besoin, tu sais où me trouver.

Et disant ces mots, d'un geste très doux, il saisit une mèche blonde échappée du chignon de Cécile et la glissa derrière son oreille, pour qu'elle ne lui tombe plus sur le visage.

L'ingénieure ne se rappelait même plus pourquoi elle avait tant haï Dixon, à son arrivée chez Diatomir. L'incident du café, le premier jour chez Momo's, avait quelque chose d'anecdotique. La raideur de ton et l'exigence professionnelle dont Josh avait fait preuve ? Une nécessité, au vu de l'ampleur du dossier dont Cécile prenait la charge. Le baiser sarcastique dans la voiture ? Elle l'avait bien cherché.

C'était elle, qui lui avait envoyé des textos sentimentaux et qui avait rétropédalé ensuite.

C'était elle qui avait invité Dennis à la soirée de Zaina, alors qu'elle savait très bien que Josh y serait. Se montrer « au bras » de quelqu'un, pour le rendre jaloux ? Pour le pousser à faire un geste vers elle ? Pour le défier à s'ouvrir ?

Ou simplement parce qu'elle était une insupportable peste, comme sa petite sœur l'avait toujours dit ?

Tom lui semblait bien loin, à présent, avec sa petite vie sans histoires… son coin de campagne, ses chiens-chiens, ses lapins à puces… Tout ça semblait futile et ennuyeux, à présent. Il jouait les badboys avec ses tatouages et sa grosse cylindrée, mais au fond, c'était un pépé pantouflard. Elle n'aurait pas voulu de cette vie-là : Claire pouvait l'avoir, il n'y avait rien à regretter.

Le désarroi de Cécile n'échappa pas à Zaina non plus. Cette dernière l'accueillait tous les jours dans la salle de pause avec un sourire, une blague, ou un mot encourageant. Elle ne comprenait pas la morosité de son amie. Il s'était passé quelque chose à sa soirée qui lui avait échappé, et elle était folle de frustration de ne pas trouver comment tout arranger.

— C'est Dixon, c'est ça ? Que s'est-il passé à ma soirée, Cissy ?

« Ce n'est pas Dixon, Dixon est parfait. » aurait voulu répondre Cécile, mais elle avait peur de ne pas assumer les conséquences de cet aveu. Kirsten avait déjà parlé de « se grimper dessus », ne prenant pas au sérieux leurs différends, et l'ensemble du bureau s'attendait à ce que Cécile passe à la casserole, comme Gwen avant elle. Laisser courir la rumeur comme quoi ils étaient en froid était plus facile à gérer que la rumeur inverse. Elle était aussi moins risquée au niveau professionnel. Quel avenir pour une salariée qui se fait sauter à la pause-café par son collègue ?

— S'il te fait fuir comme il a fait fuir Gwen, je te jure que je lui casse les genoux ! renchérit Zaina, mais Cécile ne la laissa pas continuer :

— Tu es la meilleure, mais s'il te plaît, ne t'en mêle pas. Josh n'a rien fait de mal, en tous cas, pas récemment. Tout va bien. J'ai juste… d'autres soucis. Je me demande si je ne vais pas devoir déménager.

— À cause de Dennis ? Oh c'est dommage, vous faites un si joli couple !

Cécile grimaça. « Un si joli couple ». Tout le monde la projetait avec Dennis, ou avec Josh. Cécile célibataire et épanouie comme telle n'était apparemment jamais une option. Mais elle, qu'est-ce qu'elle voulait ?

— Écoute, Cécile, je suis désolé pour l'autre soir, commença Dennis alors qu'elle traversait le salon avec son plateau-repas pour s'enfermer dans sa chambre.

Depuis une semaine, elle ne fréquentait plus le séjour, lieu de villégiature par excellence de son colocataire. Elle franchissait la porte d'entrée, passait à la cuisine se chercher à manger, et s'enfermait dans sa chambre sans en sortir jusqu'à son départ pour le bureau le lendemain. Le week-end, elle courait seule, allait au cinéma, ou à nouveau s'enfermait sans mot dire. Dennis avait le sentiment de vivre avec un courant d'air.

— Ouais, moi aussi, répondit la jeune femme d'un ton cinglant.

— Je… préférais quand on était amis. Tu me manques…

Cécile sentit sa résolution s'ébranler. Elle aussi, préférait quand elle appréciait la compagnie de Dennis. Faire la tête 24 heures sur 24 depuis dix jours lui pesait. Elle avait envisagé de chercher un nouvel appartement et cette seule idée l'épuisait. Pourquoi est-ce que le sexe pourrissait toujours les relations entre les gens ?

Est-ce que sa sœur n'avait pas couché pendant des années avec son colocataire Riad, sans conséquence aucune ?

Pourquoi est-ce que Claire réussissait en amour, là où Cécile enchaînait les échecs ?

Ses pensées la menèrent à sa famille, à son père tout seul dans la grande maison, à Claire et Tom qui devaient roucouler sans fin. Il y avait quelque chose de pourri dans son existence.

Peut-être que se fâcher contre la terre entière n'était pas la meilleure décision qu'elle ait prise dans sa vie…

Du sexe raté, ça arrivait. Ce n'était finalement pas si grave, il n'y avait pas eu d'agression, pas de viol, juste une soirée loupée. Peut-être qu'elle avait tort de se braquer comme elle le faisait. La situation lui pesait autant qu'à Dennis, visiblement.

Il n'y avait qu'une chose, très simple, à faire pour tout arranger.

La jeune Française se força à sourire :

— Ça va, dit-elle enfin. N'en parlons plus.

# 30.

La semaine s'écoula au rythme des préparatifs pour le kick off de rentrée, qui aurait lieu en fin de semaine suivante.

Cécile réfléchit longuement au contenu de sa valise : une tenue de sport en cas de running ou de défi sportif, un maillot de bain deux pièces s'il y avait une piscine, pas de tailleurs mais des robes souples, confortables et pratiques, une paire d'escarpins si on dansait, ses aquarelles si l'occasion se présentait, sous-vêtements, maquillage… et de la place pour rentrer avec une cargaison de bouteilles de vin.

Josh Dixon, qui n'avait pas oublié son accrochage avec le colocataire de Cécile, s'inquiéta poliment de leur relation. Cécile changea vite de sujet, car il lui était impossible de parler de leur récente expérience, dans la nuit qui avait suivi la soirée chez Zaina. Ne l'avait-il pas mise en garde ? Au final, ça n'était rien de plus qu'une fin de soirée décevante, il n'y avait pas eu de conséquences. Mais elle ne souhaitait pas donner au tumultueux commercial la satisfaction d'avoir « remporté » cette manche : son ego serait ingérable ensuite !

Heureusement, ils avaient d'autres sujets de conversation. En vue du séminaire, Cécile multiplia les réunions avec l'équipe commerciale et l'équipe consulting, et particulièrement les tête-à-tête avec Dixon. Tous deux devaient y présenter leur bilan de 2019 : les dossiers gagnés, les dossiers perdus, les difficultés surmontées et celles insurmontables. Cécile avait déjà les dossiers Square Corp et Herion dans son palmarès, une jolie réussite pour une ingénieure si fraîchement arrivée au sein de l'équipe. Depuis, elle accompagnait Josh en réunion de clientèle, expliquant les détails techniques à différents prospects, mais tant qu'il n'y avait pas de nouveau Proof of Concept à mettre en place, elle n'effectuait ni déplacements, ni heures supplémentaires.

C'était un plaisir que de retrouver Dixon tous les matins, désormais. Il l'attendait chez Momo's, et tous deux discutaient tranquillement en remontant dans l'ascenseur. Cécile avait découvert qu'il possédait une chatte aussi rousse que lui, appelée Mildred, dont il était complètement gaga.

Ça la fit rire. C'était étrange, d'imaginer le terrifiant Josh Dixon aux petits soins pour un minou velu et orange. Mais quelque part… l'image lui plaisait. Il devait être attentionné et protecteur, un vrai papa poule !

Une impression confirmée par l'arrivée inopinée d'une femme enceinte dans le bureau. Emmitt précédait une très jolie brune, visiblement en fin de grossesse, jusqu'au poste de travail de Josh, qui se leva précipitamment :

— Molly ? s'exclama-t-il, une expression de panique dans les yeux. Mais qu'est-ce que tu fais ici ?

Cécile pâlit soudain. Qui était cette Molly ? Pourquoi était-elle enceinte ? Josh lui aurait-il caché une épouse, une maîtresse, des enfants ?

— C'est Bob, gémit la femme en s'asseyant sur le fauteuil à roulettes que Josh venait de libérer. J'ai découvert qu'il est retourné avec sa maîtresse. J'ai trouvé… du rouge à lèvres sur sa chemise.

— Viens, on sort, interrompit Josh en réalisant que tous les regards étaient braqués sur eux.

Comme elle se relevait, soutenant son ventre à deux mains, Cécile osa demander :

— Josh, est-ce que… je peux faire quelque chose ?

Il y avait une telle inquiétude dans les yeux du commercial que toutes ses appréhensions se dissipèrent. Peu importe qui était cette Molly : elle était importante pour Josh, c'était la seule chose qui comptait. C'était la première fois que Cécile lui découvrait une vie privée. Dixon hésita un instant ; ses vies privée et professionnelle s'entremêlaient brutalement, chose qu'il avait à tout prix tenté d'éviter jusqu'alors.

Quelle était la place de Cécile dans sa vie ? N'était-elle pas précisément au croisement de ces deux univers ?

— Je ne sais pas, répondit-il simplement. Garde ton téléphone allumé, je t'appellerai. Tu peux prévenir Kirsten que je m'absente cet après-midi ? Vois avec Emmitt s'il peut reporter mes rendez-vous, il a accès à mon agenda.

— Bien sûr, acquiesça Cécile alors qu'il s'éloignait déjà, entraînant la mystérieuse Molly vers les ascenseurs.

L'ingénieure eut toutes les peines du monde à se concentrer, dans les heures qui suivirent. Elle surveillait sans arrêt son téléphone de peur de rater un appel. Une recherche rapide sur LinkedIn lui confirma qu'il s'agissait de « Molly Dixon, enseignante », et qu'elle vivait à Portland, dans l'Oregon.

Dixon, comme Josh.

Épouse ? Sœur ?

Lorsque son téléphone vibra enfin, à 16 heures, Cécile se jeta dessus avec tant d'empressement qu'elle le projeta au sol et dut lui courir après tandis qu'il glissait sur la moquette. C'était Josh.

— Cécile, excuse-moi de te demander ça… Comme tu as proposé toute à l'heure, je… j'aurais besoin d'un service.

Il avait une voix angoissée qu'elle ne lui connaissait pas. Elle s'efforça de prendre une intonation aussi sereine que possible pour lui répondre :

— Bien sûr. Que dois-je faire ?

— Je n'ai pas laissé conduire Molly, tout à l'heure, on a pris sa voiture. Est-ce que tu peux passer au parking récupérer la mienne et la ramener chez moi ? Emmitt a un double des clés.

— Tu… veux que je conduise ta voiture ? Le diamant noir avec un moteur d'hélicoptère, là ?

— Je… oui, fais-le avant que je ne change d'avis. Tu as ton permis au moins ?

— Je conduis super bien les smart dans la Croix-Rousse, ça te va comme pedigree ?

Il y eut un silence, après lequel Josh balbutia :

– *Was that French ?*[21]

Cécile rit, ravie de sa blague :

— Oui, c'est une blague trop cryptique pour toi. Envoie-moi ton adresse, je viens te livrer ton bolide.

— Je te l'envoie par texto. Eh, Cécile ?

— Yes.

— Merci.

Elle sourit, le cœur comme gonflé d'une émotion nouvelle. Josh venait de lui donner deux inestimables preuves de sa confiance, la première en l'invitant à pénétrer dans son intimité avec cette Molly, la seconde en lui confiant sa Jaguar.

---

21. " C'était du français "

Un détour par l'accueil, poste de travail d'Emmitt, et Cécile serrait dans sa main les clés de la voiture de Josh.

Arrivant au parking, elle réprima un frisson d'anxiété. Elle avait fait la maline au téléphone, mais en vrai, elle n'en menait pas large : combien coûtait un engin pareil ? Quelles conséquences si elle l'abimait ?

Heureusement, le GPS intégré au véhicule possédait une entrée « home », et guida la jeune Française à travers la ville. Elle avait ri au sujet des pentes de la Croix Rousse[22], mais certaines rues de San Francisco n'avaient rien à leur envier ! Cécile découvrit ainsi qu'une voiture automatique ne pouvait techniquement pas rater son démarrage en côte. Voilà qui simplifiait la conduite ! C'est donc indemne, quoiqu'anxieuse de découvrir l'appartement privé de Dixon, qu'elle se présenta devant sa porte, après avoir déposé la Jaguar sur sa place de parking numérotée.

L'ensemble de lofts au design moderne où il vivait avait été aménagé dans d'anciens entrepôts en brique, portant encore l'inscription « warehouse » en lettres blanches sur la façade ; poutres métalliques apparentes, mobilier à l'allure industrielle. Tout était moderne, design, luxueux.

Cécile ne put s'empêcher de se sentir minuscule dans ce cadre qui n'était pas le sien, ce monde auquel elle n'appartenait pas.

— Tout s'est bien passé ? demanda Dixon comme elle franchissait la porte.

— Oui, voilà tes clés. Est-ce que… tu as encore besoin de moi ?

— Entre, proposa le commercial. Je ne vais pas te mettre à la porte, tu n'es pas mon chauffeur. Tu veux boire quelque chose ? Une bière ?

---

22. Quartier de Lyon, réputé pour ses rues étroites et raides

— Plutôt une eau gazeuse, si tu as. Merci.

Molly était assise dans un grand canapé d'angle en cuir beige. Elle avait les yeux bouffis des femmes qui ont pleuré.

— Enchantée, dit-elle en tendant sa main à Cécile, qui la prit pour la serrer. Je suis la cousine de Josh. Vous êtes une amie ?

— Une collègue, mais une amie aussi, oui. Vous avez l'air malheureuse. Est-ce que je peux faire quelque chose ?

Molly agita la tête pour dire non, mais Josh se permit de répondre, depuis le coin cuisine :

— En fait, Cécile… Est-ce que Kirsten s'attend à ce que tu retournes au bureau ce soir ? Je voudrais aller faire des courses pour Molly, il n'y a rien à manger, ici. Je n'avais pas prévu d'avoir une invitée. Est-ce que tu peux lui tenir compagnie le temps que je revienne ? J'en ai pour une heure max.

— Bien sûr, répondit Cécile, en prenant place à son tour sur le canapé.

— Parfait, alors je vous laisse, appelez-moi si besoin ! lança Josh en refermant la porte derrière lui.

Son verre d'eau à la main, Cécile n'osait pas bouger. Tout était propre et rangé, et l'espace de séjour dont une façade entière était vitrée s'ouvrait sur près de 5 mètres de plafond et une mezzanine aménagée en chambre à coucher. Pas de chambre d'amis, pas de cloisons. C'était un loft luxueux pour célibataire ou couple sans enfants.

# 31.

— Josh doit t'aimer beaucoup, pour te laisser conduire sa voiture et entrer chez lui, dit Molly pour rompre le silence.

Cécile rougit, flattée et mal à l'aise à la fois. Elle ne pouvait pas nier qu'elle était touchée de cette marque de confiance, mais elle n'était pas prête à en débattre en présence d'une inconnue. Elle sourit poliment :

— On travaille ensemble depuis quelques mois, et on a pris en main de gros dossiers. Ça a pris du temps, mais je crois qu'il a appris à compter sur moi. Je suis Cécile, au fait.

— J'ai entendu, répondit Molly. Pardon si cette question est indiscrète : d'où vient ton accent ?

— Je suis française. Je travaillais pour la filiale européenne de Diatomir, et j'ai été mutée ici en avril.

— C'est un gros changement… Ta famille ne te manque pas ?

Sa famille ?

Est-ce que Claire, son éternelle rivale, lui manquait ? Pas du tout.

Et Tom, son ex frappé du sceau de l'infamie ? Lui non plus ne lui manquait pas. La bonne chose avec ce déménagement et ces soucis professionnels, c'est qu'elle avait très vite été contrainte de passer à autre chose.

Son papa lui manquait, oui, mais surtout sa maman. Elle était morte depuis un an et demi, et elle lui manquait tous les jours. Mais c'était sans lien avec le déménagement ;

Marie-Jeanne lui manquait autant quand Cécile vivait à Lyon.

Elle haussa les épaules :

— Non, chacun fait sa vie. Tu es de la famille de Josh ?

— Je suis sa cousine. Quand il vivait au foyer, je crois que je suis la seule à lui avoir rendu visite. C'est presque mon frère.

Il y avait beaucoup d'informations dans cette seule phrase, et Cécile ne fut pas certaine des questions que la discrétion et la politesse l'autorisaient à poser. Josh approuverait-il que Molly révèle son passé, et ses problèmes privés, à une collègue ? Elle choisit de ne pas insister ; s'il voulait lui parler de son enfance, il le ferait lui-même, le moment venu. Et puis elle n'avait pas de raison de fouiner davantage : elle avait la réponse à son inquiétude principale ! Molly était de la famille, et le bébé n'était pas de Josh. Le reste était sans importance.

— Pour quand est le bébé ? demanda Cécile pour réorienter la conversation vers des sujets consensuels.

Les yeux de Molly s'emplirent de larmes :

— Octobre. Ce bébé, c'était… notre nouveau départ, à Bob et moi. On était tellement heureux quand je suis tombée enceinte, on devait créer une famille… Je…

Sa voix se brisa, et Cécile lui tendit la boîte de mouchoirs en papier qui se trouvait sur la table basse. Les lèvres pincées, elle ne savait pas quoi dire. La détresse de cette femme la touchait. Elle-même avait imaginé avoir des enfants avec Tom, mais au vu du tour imprévu qu'avait pris leur histoire, elle était contente de ne pas s'être précipitée ! Où serait-elle aujourd'hui, maman-solo avec un nourrisson à gérer ? Certainement pas femme active à San Francisco !

— Je n'avais pas imaginé me retrouver seule avec ce bébé. Ce n'était pas mon projet. On aurait dû être une famille, être heureux tous les trois… Mais il y a cette femme… Il m'avait dit que c'était fini. Il m'a suppliée de revenir, de lui laisser une seconde chance. C'est lui qui a parlé de faire un bébé. Tout ça pour quoi ?!

Le visage entre les mains, Molly pleurait pour de bon à présent, et timidement, Cécile passa son bras autour de ses épaules.

— Je suis désolée. Je… les infidèles chroniques, c'est tellement dégueulasse. D'autant plus avec un bébé en jeu !

— Tu as des enfants ? demanda Molly.

— Non. J'ai envisagé d'en avoir, avec mon ex… avant qu'il ne me trompe. Mais il a eu le bon goût de me quitter avant.

— Les hommes sont des salauds !

Cécile sourit :

— Tous sauf Josh ? J'ai l'impression qu'il va bien prendre soin de toi. Combien de temps penses-tu rester ici ?

— Je ne sais pas encore, ça va dépendre de Bob… Je ne savais pas où aller, j'ai fourré des affaires dans un sac et j'ai pris la voiture, je n'ai pas réfléchi. Et après avoir roulé toute une journée plein sud, j'ai décidé de pousser jusqu'ici. Je n'ai presque pas dormi.

— Je suis sûre qu'il t'accueillera aussi longtemps que tu auras besoin. Je ne l'ai pas vu longtemps avec toi, mais étant donné sa réaction tout à l'heure, je devine qu'il t'aime beaucoup.

Soudain, les yeux de Molly s'agrandirent. Elle ouvrit la bouche, cherchant ses mots, et parvint à articuler :

— Attends… tu es l'ingénieure qui a récupéré le dossier Square Corp ?

— Euh, oui… répondit Cécile, surprise de cette question. Je suis l'ingénieure en binôme avec Josh. C'est ce que je t'expliquais tout à l'heure.

Alors Molly fit quelque chose d'incroyable. Elle reposa son mouchoir et serra Cécile contre elle, dans une longue étreinte. Cécile, stupéfaite, n'osa pas l'étreindre en retour. Quelle mouche avait piqué Molly ? Lorsque cette dernière la relâcha, elle conserva un moment les deux mains sur ses épaules, et la regarda dans les yeux. Elle souriait :

— Il m'a beaucoup parlé de toi. Il… t'aime beaucoup aussi. Je suis heureuse de te rencontrer enfin.

Okay, cette fois-ci ça devenait bizarre. Cécile recula sur le canapé, glissa sa mèche de cheveux derrière son oreille.

— Qu'est-ce qu'il dit sur moi ? Que je suis une insupportable vipère ? Il me surnomme Cruella.

À la vérité, elle espérait bien que ça n'était pas le cas, mais poser à voix haute les questions qui lui brûlaient les lèvres était au-dessus de ses forces.

— Ça ne m'étonne pas de lui. Il a mal agi, et je sais qu'il est sincère quand il me dit combien il regrette de t'avoir si sévèrement jugée, et si mal traitée depuis ton arrivée. Il te respecte profondément. C'est rare de rencontrer des femmes qui parviennent à percer sa carapace. Ça m'a pris des années !

Le cœur de Cécile battait fort, elle savait que ses oreilles étaient écarlates. Son ventre lui parut tout chaud. Ce que disait Molly à son sujet valait toutes les déclarations du monde. Josh était-il amoureux d'elle, pour de vrai, au point d'en faire la confidence à sa cousine ?

— Est-ce que ça va ? Demanda Molly. Tu es toute rouge. Tu veux un verre d'eau ?

— Ça va. Je ne m'attendais pas à ce genre de... déclaration. C'est mon collègue, Molly, et il est réputé se taper toutes les ingénieures qui bossent avec lui. Gwen a perdu son job à cause de ça !

— Gwen n'a pas perdu son job, elle a démissionné. Elle était mariée, et elle a choisi de tenter de sauver son couple.

Molly ajouta, non sans amertume :

— Un choix que tous ne font pas, visiblement.

— Démissionné, c'est pareil ! Sa liaison avec Josh lui a coûté son job. Je ne peux pas me permettre de perdre mon boulot ! J'ai une carte verte en jeu, un avenir, une carrière. C'est mon collègue. Comment est-ce que je pourrais bosser avec lui si je suis amoureuse ?

— « Si » tu es amoureuse, hein... répéta Molly avec un sourire en coin. Pour dire la vérité, je ne crois pas que tu risques ton job. La patronne connait bien Josh, elle lui a financé ses études.

— Je sais ça, interrompit la jeune française, c'est une raison de plus pour ne pas avoir une liaison avec Josh ! Quand ça tournera mal, il s'en tirera quoi qu'il arrive, et moi, je devrais dégager.

— Pourquoi est-ce que ça tournerait mal ?

— « Les histoires d'amour finissent mal, en général », soupira Cécile. La dernière fois que j'ai cru au mariage, le mec en question s'est tapé ma sœur ! Gwen a trompé son mari ! Ton mari te trompe ! Excuse-moi si je ne crois pas en l'amour éternel...

— Ah c'est sûr que c'est jamais facile. Il faut travailler dur pour s'aimer longtemps. Mais j'ai vu Josh, Cécile. Il m'a parlé. Je le connais assez pour savoir que quand il confie son cœur, il est sérieux. Je ne crois pas qu'il te fera du mal.

— Et moi ? Et si moi je lui faisais du mal ? Et si je rencontrais quelqu'un ? Je perdrais mon job quand même !

Molly haussa les épaules :

— Je crois que tu es paniquée et que tu cherches des excuses. Bien sûr, tout ça c'est ta décision, et la sienne.

Elles se turent. Un ange passa. Cécile but son verre d'eau, songeuse. Finalement, elle observa :

— Où est le chat ? Je ne l'ai pas vue.

— Mildred n'aime pas les étrangers, elle doit être planquée dans le panier de laine quelque part.

— Le panier de laine ? Qu'est-ce que c'est ?

Les yeux de Molly prirent une expression malicieuse :

— Là où Josh range son tricot.

Cécile en recracha sa gorgée d'eau :

— Josh fait du tricot ?! Tu te moques de moi ?

— C'est Kirsten qui lui a appris… C'est très apaisant ! Il est doué, il m'a promis une couverture pour la naissance du bébé.

Imaginer Josh Dixon, alias Voldemort, son terrifiant collègue et ses bagnoles de luxe, en train de tricoter de la layette avait quelque chose de si incongru que Cécile en demeura bouche bée. Elle aurait voulu rire, mais Molly ne paraissait pas plaisanter.

En quelques heures, Cécile avait découvert une facette insoupçonnée de la personnalité complexe de Josh Dixon. Protecteur envers sa cousine, généreux, papa-poule avec son chat, amoureux passionné, et expert en tricot ?

Est-ce qu'on parlait vraiment de la même personne ?

# 32.

Cécile rentra à Moscow Street dans un taxi payé par Josh. Il était revenu des courses chargé de victuailles, comme un époux désemparé devant sa femme enceinte, et ne sachant pas ce qui lui ferait plaisir. Il avait acheté de quoi manger pour dix comme Molly, mais elle ne lui en avait pas fait la remarque. Ne sachant comment la consoler, il avait décidé de la gâter.

C'était bien aussi. Molly était entre de bonnes mains.

L'ingénieure ne pouvait pas en dire autant, et c'est avec appréhension qu'elle poussa la porte de l'appartement.

Elle resta bouche bée.

Lumières tamisées, pétales de rose au sol, bougies… Tout l'appartement avait été transformé en retraite romantique. Dennis, dans la cuisine, sortait des flûtes à champagne.

Lorsqu'il aperçut la jeune femme, il se dirigea vers elle et la prit par la taille.

— Bonsoir ma belle. J'ai compris que j'avais manqué de romantisme, l'autre soir… Pour ce soir, je compte bien me rattraper.

Et sans attendre sa réponse, il se pencha sur elle et l'embrassa.

Cécile tressaillit en sentant sa langue sur ses lèvres.

« J'ai cru voir glisser sur une fleur, une longue limace » disait Cyrano de Bergerac.

Les deux mains sur le torse du jeune homme, réprimant une grimace, Cécile le repoussa doucement :

— Dennis, c'est… Impressionnant tout ça. Ce… n'était pas la peine.

Vraiment. Ce n'était pas la peine.

Bon sang, le malaise… comment allait-elle se tirer de cette situation ?

— Tu es trop gentille, souffla-t-il en lui embrassant la gorge puis le lobe de l'oreille. J'ai merdé l'autre fois, je compte bien me faire pardonner.

C'était bien son truc ça. Faire de la merde, s'excuser, recommencer. Quelles valeurs avaient des excuses si elles n'étaient pas accompagnées d'actes ? Et ce n'était pas une rose éparpillée au sol qui allait compenser sa muflerie précédente.

— Dennis, arrête, s'il te plaît, dit Cécile en se tortillant pour l'empêcher de défaire les boutons de son chemisier. Nous ne sortons pas ensemble.

— Non, bien sûr, répondit celui-ci sans paraître l'écouter. Personne ne parle de s'engager, ça ne me dérange pas.

Cette fois-ci, Cécile le repoussa fermement :

— Écoute ce que je te dis, à la fin ! Je ne compte pas coucher avec toi, ni maintenant, ni plus tard. Qu'est devenu « je préférais quand nous étions amis » ?

— On peut être amis avec bénéfices… on n'a qu'à reprendre où on en est restés, j'ai même acheté des préservatifs, répondit-il, en fronçant les sourcils avec l'expression de celui qui ne comprend pas.

— Ce n'est pas ça… soupira Cécile. Enfin si, mais pas que ça.

— C'est quoi alors ? Qu'est-ce que j'ai encore fait de travers ? Je t'ai présenté des excuses, non ?

Cécile plissa légèrement les yeux. Est-ce qu'il était en train de l'engueuler parce qu'elle le repoussait ?

— Je ne suis pas assez bien pour toi ? renchérit son colocataire. Trop gentil, c'est ça ? Il te faut un macho, du genre de ton collègue ?

— Je t'interdis de parler de Josh !

Cette seule phase sembla ébranler Dennis. De câlin, presque mielleux, il devint mauvais. Son regard changea et Cécile recula, effrayée, alors qu'il éructait :

— Ah, j'ai fait mouche ! C'est lui que tu veux ? T'es amoureuse du macho-man ? N'empêche que c'était avec moi que tu étais à poil, l'autre soir. Alors peu importe tes sentiments, ce qui compte, c'est qui te tringle, au final !

La jeune femme était soufflée. Elle demeura bouche bée, incapable de répondre à un tel flot de réprimandes amères. Comme elle ne disait rien, rouge de larmes et d'humiliation, il reprit, l'air mauvais :

— Vous êtes toutes les mêmes, les bonnes femmes, putain… Ça fait trois mois que je t'écoute patiemment me parler du mal qu'il te fait toute la journée, pendant je suis là, je te soutiens, je t'écoute, j'essuie tes larmes, j'encaisse ton flot interminable sur cet autre mec… et là tu choisis le salaud, et moi le mec gentil, la bonne épaule attentive, je ne suis pas assez bien pour toi ?

— Mais… Qu'est-ce que tu crois ? parvint à articuler Cécile. Que tu as rempli ta carte de mec sympa, à la dixième gentillesse, une pipe gratuite ? Ça ne marche pas comme ça, tu délires ou quoi ? Je pensais que tu étais mon ami, pas que tu remplissais ta grille pour me sauter ensuite !

— Des mois à être aux petits soins, pour me faire friendzoner ensuite. En fait les capotes tu t'en foutais, c'était juste un prétexte pour me jeter, c'est ça ?

— T'es vraiment un pauvre type, murmura Cécile, affligée. Heureusement que je n'ai pas couché avec toi, bon sang, je suis définitivement abonnée aux connards !

— Ah ouais ? C'est moi le connard ? Est-ce que macho-man t'offre des pétales de roses ?

— Mais putain, on s'en fout ! Je ne suis pas une machine dans laquelle on met des pièces ! T'es con ou quoi ?

Elle pivota sur ses talons, se dirigea vers sa chambre :

— Tu sais quoi, je me casse. Je quitte cet appart. J'en ai mal au ventre de penser que ça fait trois mois que tu complotes pour me sauter, c'est dégueulasse. Trouve-toi une autre coloc, ce sera sans moi.

— Il est 21 heures, tu comptes aller où ? Dans un hôtel de passe ?

Elle ne répondit même pas. Ayant jeté une valise sur son lit, elle fourrait en vrac, à l'intérieur : vêtements, chaussures, bijoux, affaires de toilette, la photo de sa mère, ses papiers, laptop, téléphone.

Elle était trop choquée, trop furieuse, pour pleurer. Est-ce qu'il n'était sympa avec elle depuis des mois que dans l'espoir de la mettre dans son lit ? Était-il impossible de bien s'entendre avec un homme sans que ça ne tourne au désastre ? Dire qu'à l'anniversaire de Zaina, Josh avait été mis à la porte et Dennis, parfait dans son rôle de good guy, avait trompé tout le monde !

Aussi sévère, exigeant, cruel parfois, que pouvait être Dixon, au moins il n'agissait pas par calcul. Ce mec était brutalement sincère. Quand quelque chose le contrariait, on était au courant très vite. Pas d'enrobage de sucre, les choses étaient dites, même les plus douloureuses.

La sincérité, c'était aussi une valeur qui avait échappé à Tom Leroy, à l'époque. Visiblement, il sortait avec elle par commodité, par paresse. Il avait manqué de franchise à son égard. Dennis avait manqué de franchise à son égard.

Josh était différent.

Et après cet épisode étrange d'intimité et de tendresse avec Molly, dans son appartement, elle le voyait d'un nouvel œil. Ce qu'elle niait avec énergie, depuis des semaines, la boule chaude au fond de son ventre qu'elle tentait d'étouffer, de refroidir à grands coups d'autopersuasion et de déni… son amour pour Josh venait de lui éclater au visage. Dennis n'avait été qu'un caillou dans sa chaussure et Tom, une erreur de parcours.

« Dieu a un plan », disent les croyants.

Fallait-il croire au destin ? Aurait-elle quitté Lyon, si Tom ne l'avait pas trompée avec sa sœur Claire ? Aurait-elle rencontré Josh ?

Destin, plan divin, ou hasard, en tous cas désormais, Cécile savait où elle allait. L'entretien avec Dennis avait achevé de balayer ses derniers doutes.

La valise pour le séminaire était déjà prête, et c'est ainsi chargée, sans avoir pris le temps de se changer, que la jeune Française quitta sa chambre et se dirigea vers la porte.

— C'est ça, casse-toi ! Allumeuse ! Cours chez machoman ! lui cria Dennis comme elle quittait la maison.

Sans un mot, en guise de réponse, Cécile lui fit un doigt d'honneur.

L'urgence, c'était de s'éloigner. Perchée sur ses escarpins, encombrée de ses deux valises, elle remonta la rue, la tête haute, trébuchant tous les trois pas.

Se rendre chez Josh Dixon avait en effet été la première idée qui lui était venue à l'esprit, mais il hébergeait déjà sa cousine.

Elle pouvait chercher un hôtel, mais ça serait nécessairement cher, et donc provisoire. Elle chercherait un nouvel appart dès demain. Pour le moment, elle devait avant tout trouver un coin de canapé, quelque part.

Trop furieuse pour pleurer, elle tira son téléphone.

— Allô, Zaina ?

Zaina saisit l'urgence de la situation aux premiers mots de Cécile.

— Je ne comprends pas, bafouillait la jeune Française. Dennis s'est complètement transformé. Je ne l'avais jamais vu comme ça. Il avait toujours été sympa à répéter qu'il respectait les femmes, et là… Il est devenu complètement fou.

— Ça pue le *nice guy*[23], visiblement. Le mec qui croit que s'il se comporte comme un être humain décent, il aura du sexe à la fin. Quand tu l'as repoussé, il a pété un plomb.

— C'était quand même pas le dernier à tenir des grands discours sur le consentement ! On nage en plein délire !

— Cherche pas, maugréa Zaina au téléphone. Y a pas plus fragile que l'ego d'un mec. Tu as encore des affaires là-bas ? Des meubles ?

— L'appartement était meublé. J'ai laissé mes livres, quelques CDs, des vêtements, ce genre de trucs.

— Alors, trouve un café au coin de la rue et attends-moi, dit l'Américaine. Je prends ma voiture, on récupère tes affaires, et tu n'auras plus jamais besoin de retourner chez ce type. Est-ce que tu te sens de venir avec moi ? Sinon j'y vais seule, il ne me fait pas peur.

— Je viens avec toi. J'ai la clé.

---

23. " Le gentil garçon ". Utilisé avec ironie.

Une demi-heure plus tard, ayant enfilé un jean et une paire de chaussures plates, Cécile se trouvait de nouveau devant le 680, Moscow Street. Zaina se tenait à ses côtés.

Les deux amies contemplaient, affligées, le capharnaüm devant la maison. Dennis avait visiblement jeté toutes les affaires personnelles de Cécile par la fenêtre du premier étage : livres, disques, draps, vaisselle, vêtements jonchaient le trottoir. La vaisselle était brisée, les livres et les disques abimés sur le bitume.

— S'il subsistait un doute, à présent c'est certain : ce type est dingo ! observa Zaina.

Cécile essuya une larme sur sa joue. Elle avait apprécié Dennis, il avait été un de ses meilleurs amis dans cette nouvelle vie, quand elle était seule au monde. Comment les gens pouvaient-ils changer si vite ?

Sans un mot, elle saisit le grand sac que lui tendait sa collègue, et entreprit d'y entasser ses vêtements et les affaires qui pouvaient être sauvées.

— Est-ce que tu penses qu'il reste des trucs à toi à l'intérieur ? demanda Zaina lorsqu'elles eurent fini de ramasser ce qui devait l'être.

— Je n'en ai pas l'impression. Rien auquel je tiens, en tous cas.

Soudain, la voix de Dennis leur parvint depuis la fenêtre. Il s'était penché à l'extérieur, la bouteille de champagne à la main.

— T'as changé d'avis ? s'écria-t-il avec sarcasme.

On s'agitait dans les maisons alentour. Ce tapage dérangeait les voisins, qui observaient la scène derrière leurs carreaux. Cécile se résigna à prendre sur elle. Inutile de se donner en spectacle… Il n'y avait rien à ajouter.

— C'est bon, on peut y aller, murmura-t-elle à Zaina, qui lui frictionna l'épaule.

Sans un mot, elles roulèrent jusqu'à l'appartement de cette dernière. Cécile refoulait ses larmes. À quel moment est-ce que la situation avec Dennis avait dérapé ? Pourquoi n'avait-elle pas anticipé ce désastre ?

— Je n'ai qu'une chambre, s'excusa Zaina lorsqu'elles eurent fini de monter les valises. Tu vas devoir prendre le canapé, je suis désolée.

— Ne sois pas désolée, c'est moi. Je ne vais pas rester longtemps, je vais chercher tout de suite un nouvel appartement.

— Un appart seule, cette fois ?

— J'aimerais autant, mais je ne suis pas sûre de trouver dans mes moyens. Au pire une colocation, mais avec une fille cette fois. Je ne suis pas en état d'affronter un nouveau faux mec sympa qui va m'espionner sous la douche.

Zaina écarquilla les yeux :

— Dennis a fait ça ?!

— Non, sourit tristement Cécile… Ou en tous cas, pas que je sache. Va savoir, avec ce type ! Il s'est métamorphosé en un étranger total, en l'espace de quelques minutes. C'était effrayant.

— C'est son costume de mec bien qui s'est fissuré. Reste ici le temps qu'il faudra. Pour ce soir, je nous commande chinois, ça te va ?

Cécile demeura chez Zaina durant la semaine qui précédait le départ en séminaire. C'était la chose la plus logique à faire : elle ne sentait pas de laisser ses affaires dans une colocation inconnue la veille d'une absence de plusieurs jours, et voulait prendre le temps de choisir le bon appartement, les bons propriétaires. Pas question de déménager tous les trois mois !

Le numéro de Dennis fut bloqué, son contact supprimé d'Instagram, de Facebook, de Twitter.

Il avait l'adresse de Zaina, bien sûr, mais poursuivre Cécile jusque chez son amie relèverait du harcèlement. Elle n'hésiterait pas à porter plainte, ce qu'elle n'eut heureusement pas besoin de faire. Il appela Zaina trois fois sur son portable, s'excusant, promettant qu'il ne recommencerait pas, expliquant qu'il avait bu, puis il finit par se lasser.

Cécile ressentait parfois des bouffées d'anxiété. Est-ce qu'il aurait tenté de la violer, si elle n'avait pas immédiatement quitté les lieux ?

# 33.

Mercredi 14 août au matin, un luxueux car attendait les salariés de Diatomir devant leur bureau. Cécile logeait chez Zaina depuis un peu plus d'une semaine ; Molly logeait toujours chez Josh.

La jeune Française prit quotidiennement des nouvelles de cette dernière, s'inquiétant des décisions qu'elle allait prendre. Divorcer ? Pour vivre où ?

Rester avec un mari infidèle ? Comment élever un enfant dans ces conditions ?

Josh n'avait pas ces réponses, et semblait aussi désemparé que Molly.

— Je paierai pour son divorce, disait-il. Avec ma prime, je vais l'aider à se loger, à faire garder le bébé.

C'était une bonne idée, meilleure que d'offrir cet argent à Cécile sur une promesse d'ivrogne.

Quand elle prit place dans l'autocar, s'installant à côté de Zaina, elle trouva à Josh un air fatigué. Quelques jours de coupure leur feraient le plus grand bien, avant de reprendre à la rentrée sur les chapeaux de roue ! Il fallait verrouiller un maximum de ventes d'ici le 31 décembre, ce qui annonçait des mois d'automne intensifs.

Cécile ne put réprimer une exclamation admirative lorsqu'elle aperçut leur hôtel, entre les branches : dominant un immense terrain de golf et deux piscines, le bâtiment blanc était structuré comme un ensemble de cottages avec fenêtres, balcons et cheminées se découpant sur fond de verdure.

Sa chambre était située entre celle de Gisele, la commerciale, et celle de Heather, une consultante. C'était justement Heather qui avait récupéré le dossier Herion pour l'implémentation du logiciel chez le client, maintenant que Cécile avait terminé d'adapter les plug-ins pour permettre l'installation.

La jeune Française se laissa tomber sur son lit king-size, aux draps immaculés. La couette lui parut si moelleuse qu'elle y enfonça son visage en poussant un gémissement de bien-être. Les draps sentaient la lessive, tout dans la chambre respirait le luxe et la propreté. Une porte-fenêtre s'ouvrait sur une jolie terrasse meublée de deux chaises longues et une petite table basse.

Prenant appui sur la rambarde, elle se pencha pour admirer les environs. À sa droite et à sa gauche, chacune sur leur balconnet, Gisele et Heather rirent de se trouver ainsi, toutes les trois, dans la même posture. Elles firent un geste de la main à Zaina, qui leur répondit depuis son propre balcon, dans une autre aile du bâtiment.

En bas, au rez-de-chaussée, Cécile aperçut Emmitt et Josh : leurs chambres s'ouvraient directement sur le parc.

On leur laissa la matinée pour s'installer, visiter et se détendre, tandis que les équipes de la côte Est arrivaient progressivement et s'installaient à leur tour dans leurs chambres attitrées.

L'entreprise au complet se retrouva à midi dans la grande salle de restaurant, privatisée pour l'occasion, et Cécile observa du coin de l'œil Josh, qui faisait mine de chercher une place. Se mordant les joues, elle le vit approcher et fit son possible pour avoir l'air indifférente. Zaina s'était naturellement assise à la même table qu'elle. Josh tira une des chaises :

— Je peux ?

— Bien sûr, sourit Cécile.

Elle ne savait plus quoi penser de sa relation avec Josh. Depuis le jour funeste où Josh le super-vilain et Dennis le superhéros avaient inversé leurs rôles, le premier se consacrant à protéger la veuve divorcée et le second se transformant en pervers libidineux, Cécile était perplexe. Comment pouvait-on se tromper à ce point sur les gens ?

Emmitt fut le suivant à prendre place, suivi de près par deux employés de Boston : un juriste et un comptable dont Cécile n'avait pas retenu les noms.

On fit connaissance, on s'échangea des banalités : « et vous travaillez sur quoi exactement, et quand êtes-vous entré chez Diatomir, et vous faisiez quoi avant, et vous faites quoi pour Thanksgiving ? »

— Alors Cissy, dit Emmitt en se servant un troisième verre de vin rouge – le cru local –, comme ça tu as mis le feu à ton hôtel à Los Angeles ?

Cécile devint écarlate. Mais comment Emmitt savait-il pour l'incident de Pomona ?

Elle bégaya, prise de court, et manqua de renverser son verre d'eau :

— Quoi ? De quoi est-ce que tu parles ?

Josh était resté imperturbable. Maintenant qu'elle le connaissait si bien, Cécile pouvait affirmer qu'il avait pâli. Mais aux yeux de tous, qui passaient moins de temps qu'elle à contempler son visage, son trouble passa inaperçu.

Emmitt semblait ravi d'avoir un tel scoop, une telle histoire à raconter… devant un public, en plus ! Zaina et les deux employés de Boston semblaient suspendus à ses lèvres.

— N'essaie pas de nier, je sais tout, moi ! rit Emmitt. Je sais que tu as pillé le mini-bar, et je sais que tu as pris une bonne amende pour avoir fumé dans ta chambre. C'était sur les factures, grosse maline. Tu as payé l'amende avec une carte perso, mais l'ensemble apparaissait sur les documents que j'ai reçus par email.

Cécile aurait voulu trouver quelque chose à répondre. Une excuse, un alibi, un scénario pour s'affranchir de l'épouvantable réputation qu'Emmitt n'allait pas manquer de lui faire, mais elle ne trouva rien. Son cerveau était vide, une page blanche. Cette histoire avait eu lieu plusieurs mois auparavant et jamais Emmitt n'y avait fait référence ! Pourquoi ici, maintenant ?

Zaina la regardait avec des yeux ronds et une expression moqueuse :

— Tu ne m'as jamais raconté ça ! Petite cachotière !

— C'est normal, intervint Josh. C'est parce que ce n'était pas elle, c'était moi. J'ai déclenché l'alarme incendie et provoqué l'évacuation de l'hôtel. Mais il n'y a pas eu de feu.

Cécile retint son souffle, frappée de soulagement et rouge de honte à la fois. C'était la deuxième fois que Josh allait prendre le blâme pour la bêtise qu'elle avait commise. On pouvait dire tout le mal qu'on voulait sur lui, malgré les apparences il était celui qui prenait le plus grand soin de préserver la réputation de la jeune Française… même s'il risquait d'y laisser la sienne !

— Ça m'étonnerait, répliqua Emmitt avec un demi-sourire. Les chambres sont nominatives, et les factures aussi. C'est la chambre de Cécile qui a payé les frais pour l'alarme.

— Mais enfin, Emmitt, est-ce que tu n'as pas un devoir de discrétion ? De quoi je me mêle ? s'énerva Cécile, humiliée.

— Ça va, on rigole ! Personne ne va te virer parce que tu as fumé dans ta piaule !

— Je croyais que tu avais arrêté de fumer, Cécile ? interrogea Zaina, entre hilarité et surprise.

La malheureuse ingénieure ne trouva rien à répondre. Elle était coincée. Elle sentait ses tempes cuire et avait envie de pleurer. Quelle réputation allait lui faire Emmitt devant les collègues de Boston ? Qu'est-ce que c'était que ce traquenard ?

— C'était moi, je te dis, répéta Dixon en haussant le ton. J'ai acheté des cigares pour en offrir au client et j'ai pas résisté à en goûter un.

— Tu n'es pas obligé de prendre sa défense, tu sais, dit Emmitt en haussant les épaules.

Au ton qu'il employait, Cécile comprit que son assurance vacillait. La version de Dixon était-elle crédible ? Mais il continua :

— C'était bien dans la chambre de Cécile. Vous avez partagé une chambre ?

— On a échangé nos chambres après le check-in. La salle de bain dans la mienne était plus spacieuse.

Le cœur de Cécile battait fort. Elle avait la sensation d'étouffer.

C'est alors que tendrement, elle sentit la main chaude de Josh se poser sur la sienne, sous la table. Il lui serra les doigts avec délicatesse, l'air de dire « Je suis là. Tout ira bien ».

Elle ne repoussa pas cette main, au contraire. Elle ressentit un tel soulagement, un tel réconfort... et une telle émotion, à être ainsi touchée tendrement, avec délicatesse, dans un geste protecteur, qu'elle en aurait pleuré. Elle rougit de bonheur.

— Ça va, Cissy ? demanda Zaina. Tu es toute rouge. Tu as avalé de travers ?

— Trop de vin d'un coup, balbutia-t-elle. Je veux bien un verre d'eau, s'il te plaît.

Pendant que son amie lui tendait un verre d'eau glacée, Emmitt, vexé d'avoir loupé une histoire croustillante, reprit la parole. Il aimait décidément être le centre de l'attention... même aux dépens des autres !

— Alors, Josh, tu as pillé ton minibar et fumé un cigare dans ta chambre, ce qui a provoqué l'évacuation de l'hôtel ! J'ai bien fait de poser la question, on aurait loupé une fameuse histoire ! Mais il s'est passé quoi ensuite ?

— Rien, j'étais trempé à cause du système d'extinction d'urgence, et quand l'alarme a été levée, chacun est remonté dans sa chambre.

— Mais où as-tu dormi ? intervint Zaina. Dans ton lit mouillé ?

Emmitt saisit la perche :

— Je n'ai pas reçu de facture pour une troisième chambre, en tous cas ! Est-ce que tu as partagé celle de Cissy ?

Cécile manqua de recracher son verre d'eau. Zaina la regardait, les yeux écarquillés :

— C'est ce qui s'est passé ? Cécile ! Vous avez partagé le même lit ?

— Ça suffit, bégaya l'ingénieure, mal à l'aise. Je... ne sais plus. Non... il... n'a pas dormi avec moi.

— Oh. Mon. Dieu ! s'exclama la technicienne qui n'en croyait pas ses oreilles. Tu es la pire menteuse de l'histoire ! Vous avez partagé un lit ?! Et tu ne m'as jamais parlé de ça !

— Parce qu'il n'y a rien à en dire ! protesta Cécile, qui perdait son sang-froid et ne trouvait plus ses mots.

— Vous couchez ensemble ? ajouta Emmitt, soudain très sérieux, et ce fut la goutte qui fit déborder le vase.

Cécile se leva. Elle était à table avec des collègues, pas dans une guinguette avec des copines ! Elle recula sa chaise, paniquée :

— Arrête de dire n'importe quoi, Emmitt ! Je n'ai pas partagé la chambre de Josh, et je ne la partagerai jamais, parce que nous sommes collègues et au cas où tu ne l'aurais pas remarqué, je le supporte à peine ! C'est certainement la dernière personne dans l'ensemble du bureau que je laisserais m'approcher, tu es débile ou quoi ?!

Et sans attendre de réponse, elle tourna les talons et s'enfuit dans le couloir.

Josh foudroya l'assistant du regard, les dents serrées.

Zaina se précipita derrière son amie :

— Cécile, attends !

# 34.

Zaina rattrapa la jeune Française devant sa chambre, mais cette dernière ne l'accueillit pas avec le sourire.

— Qu'est-ce que tu veux, Zaina ? À quoi tu joues ?

— Ça va, on rigole un peu ! C'est drôle, cette histoire de cigare et d'évacuation incendie, non ?

— Non, ce n'est pas drôle ! C'est entre… Josh et moi. Et si on a choisi de ne pas en parler à la ronde à la machine à café, ça ne regarde que nous !

Zaina leva les yeux au ciel :

— Roh, c'est rien ! Kirsten ne va pas te virer parce que tu as partagé ta chambre avec Josh Dixon !

— Je n'ai pas partagé la chambre de Josh Dixon ! s'écria Cécile en glissant sa carte magnétique contre la porte, qui s'ouvrit avec un déclic.

— Je plaisante. Ce n'est pas contre toi ! C'est de lui qu'on se moque, il a l'habitude ! Depuis Gwen, c'est devenu un running-gag.

Cécile vit rouge :

— Écoute, Zaina, tu es mon amie, et je te suis infiniment reconnaissante de tout ce que tu as fait pour moi depuis que je suis arrivée, et particulièrement la semaine dernière. Mais vous devez vraiment foutre la paix à Josh avec sa vie privée, ça ne regarde personne.

— C'est pour rigoler ! Il en rigole avec nous !

L'ingénieure ne riait pas :

— C'est bizarre, je ne l'ai pas vu se marrer. Et moi qui bosse avec lui tous les jours, je peux te dire que Josh est très secret sur sa vie privée pour des raisons qui le regardent, et vous devriez respecter ce choix.

Zaina recula d'un pas, une expression surprise sur le visage :

— Mais je rêve ou tu es amoureuse ? Tu es amoureuse de Josh ! Tu es en train de rougir jusqu'à la racine des cheveux !

— Fous-moi la paix, murmura Cécile.

Elle ajouta, avant de claquer sa porte :

— Et fous la paix à Josh aussi. Vous êtes insupportables, tous autant que vous êtes. À sa place, je vous aurais tellement envoyés balader…

À l'abri dans sa chambre, Cécile se laissa glisser au sol, dos à la porte. Elle avait tellement attendu de ce séjour, presque des vacances, dans un cadre idyllique… Voilà que ça tournait au désastre dès le déjeuner du premier jour. Était-ce vraiment étonnant ? Les ragots allaient bon train entre adultes détendus, particulièrement lorsque le vin coulait à flots.

Zaina toqua doucement :

— Cécile… excuse-moi… hey. Cécile, tu m'entends ? Je suis désolée, je ne voulais pas te faire de peine.

— Laisse-moi tranquille, répéta la jeune femme.

L'Afro-Américaine baissa les épaules :

— Je suis désolée, je croyais être drôle. Je vais déjeuner. Je vais demander à ce qu'on te garde une assiette. Tu ne devrais pas t'absenter trop longtemps, si ton absence se remarque, ça va encore jaser.

Elle n'obtint pas de réponse. Après quelques minutes, elle finit par s'en aller.

Cécile se cacha le visage dans les mains. Comment rattraper la situation ? Tous les salariés de l'entreprise l'avaient sûrement vue s'enfuir en courant. Les rumeurs allaient devenir folles. La Française, l'hystérique, la nouvelle Gwen, celle qui a partagé le lit de Josh Dixon, la chaudasse !

À cet instant, son portable vibra. Cécile fit glisser son pouce sur l'écran : c'était un texto de Dixon.

**Josh – aug 14 - 1 h 5**
*« Tu me supportes à peine » ?*

Cécile ferma les yeux. Se mettre Josh à dos était la pire chose qui puisse lui arriver, et probablement l'ultime étape de sa descente aux enfers. Elle soupira, pianotant sa réponse :

**Cécile – aug 14 - 1 h 7**
*J'ai dit ça pour qu'ils me laissent tranquille. Je ne le pensais pas... tu sais bien.*
**Josh – aug 14 - 1 h 12**
*Je ne sais pas, non. Avec toi, c'est toujours compliqué.*
**Cécile – aug 14 - 1 h 15**
*Je foire tout, en ce moment. Stp, ne m'abandonne pas toi aussi.*
**Josh – aug 14 - 1 h 16**
*Je croyais que j'étais la dernière personne du bureau que tu laisserais t'approcher.*
**Cécile – aug 14 - 1 h 18**
*Je refuse d'avoir cette conversation par texto.*
**Josh – aug 14 - 1 h 19**
*Alors, ouvre-moi.*

Le cœur de Cécile se mit à battre fort. Est-ce que... ?

Elle se leva vivement. Au même instant, trois petits coups furent frappés sa porte, et la voix de Josh chuchota :

— Cécile ?

Elle ouvrit.

L'instant d'après, il était entré dans la pièce et refermait sa bouche sur la sienne.

Toute résistance abandonna la jeune femme. Elle ferma les yeux et noua les bras autour de son cou, savourant un baiser qu'elle appelait dans ses vœux depuis si longtemps.

Sans cesser de l'embrasser, elle réalisa qu'elle souriait.

Tous ses doutes avaient laissé la place à une paix intérieure nouvelle pour elle, alors qu'il lui rendait ses baisers.

Tom Leroy ? Ce nom ne lui évoquait plus qu'une expérience ratée, qui avait beaucoup trop traîné en longueur. Aucun regret à avoir.

Dennis Bakari ? Un incident de parcours, rien de plus qu'un caillou dans sa chaussure. Il l'avait ralentie et avait détourné son attention des choses importantes, mais elle l'oublierait dès qu'il serait hors de vue. Elle l'oubliait déjà.

Gwen ? Toute jalousie s'était envolée, cette dernière n'était même pas une rivale. Elle avait contribué à faire de Josh l'homme qu'il était aujourd'hui et de cela, Cécile était reconnaissante.

— Je ne pouvais pas les laisser croire qu'on était ensemble, murmura Cécile en lui picorant la bouche de baisers tendres.

— Tu as honte de moi ? souffla Josh.

Cécile cessa de l'embrasser et lui prit le visage à deux mains, pour le contempler droit dans les yeux. Il avait les iris clairs, les sourcils roux, et de délicieuses fossettes lorsqu'il souriait. Elle l'embrassa encore :

— Non. Mais je ne veux pas leur donner matière à jaser.

— C'est trop tard… Zaina m'a vu entrer.

L'ingénieure sentit son pouls accélérer. Elle pâlit :

— Merde. Tu n'as pas attendu qu'elle soit partie ?

Au lieu de froncer les sourcils, le commercial glissa ses doigts dans les cheveux de Cécile et avec tendresse, retira la pince qui retenait son chignon. Les boucles blondes de la jeune femme roulèrent sur ses épaules.

— Je m'en fous, dit-il. Je suis fier d'être celui qui t'embrasse, Cécile Pasteur. Qu'ils jasent ! Je n'ai rien à cacher.

Tom cachait tout. Dennis cachait tout.

Josh n'avait rien à cacher. Alors Cécile comprit qu'elle non plus. Dans son cœur, toute peur l'avait abandonnée.

Ils étaient encore contre la porte, et Cécile descendit ses mains le long du torse de l'Américain, entreprenant de déboutonner sa chemise.

Elle glissa ses mains contre sa peau, entre le tissu et la toison soyeuse de ses pectoraux, appréciant leur forme, leur velouté. En réponse, Josh fit de même. En quelques instants, la chemise de Cécile tomba au sol.

Elle portait un soutien-gorge de dentelle blanche, qui couvrait de petits seins aux pointes roses.

Trébuchant à travers la pièce, la jeune femme repoussa son partenaire en direction du grand lit blanc. Les mains de Josh sur sa peau, la caressant avec une délicatesse inhabituelle, l'enflammaient. Ils étaient à des lieues de leurs baisers brutaux dans la voiture, ou dans la salle de réunion. Elle avait l'impression d'être précieuse, comme s'il craignait qu'en la touchant trop fort, elle ne disparaisse. Est-ce que ça n'était pas déjà arrivé deux fois ?

— On va louper le déjeuner, observa Josh, alors qu'il basculait assis au bord du lit.

— Je n'ai pas faim. Pas pour ça, en tous cas, répondit-elle.

Elle avait envie de lui. Son torse nu, sa toison rousse, ce corps qu'elle voyait pour la première fois… et ce regard, qui avait tant changé depuis le café renversé chez Momo's. Il y avait eu tant d'émotions dans les regards qu'avait Josh pour elle. D'abord méfiance, défiance, mépris, paternalisme… et puis les choses avaient changé, subtilement, sans faire de bruit. Reconnaissance, respect, admiration… Passion.

Elle voyait qu'il avait envie d'elle. Sa bouche était entrouverte, son souffle était court, et ses mains ne paraissaient pas se lasser de sa peau ni de ses cheveux, alors qu'il l'attirait contre lui. Cette façon d'être désirée – désirable – était une sensation nouvelle. C'était très différent des caresses de Dennis, qui la manipulait comme une poupée gonflable.

Josh semblait hésiter à la toucher.

— J'ai envie de toi, dit Cécile, prenant les choses en main.

— Moi aussi, dit Josh.

— Mais ?

Elle sentait bien qu'il se retenait ; elle savait combien il pouvait être passionné !

— Les deux fois où je t'ai tenue entre mes mains, fou de désir pour toi, tu m'as repoussé. Est-ce que tu vas me mettre à la porte aujourd'hui encore ?

Il était assis sur le bord du lit, et Cécile se pencha sur lui, les mains sur ses cuisses :

— Correction : la première fois, c'est toi qui m'as repoussée.

— Et aujourd'hui ?

— A priori, tout le monde est convaincu qu'on couche ensemble. Notre réputation est faite. Autant que ça ne soit pas en vain !

Mais il ne souriait pas. Visiblement, le sujet était sensible.

— Cécile, je sais que tu as peur des conséquences sur ton travail chez Diatomir. Je ne veux pas te mettre mal à l'aise.

— Ça m'a pris des mois à apprendre à te connaître et à t'apprécier, répondit Cécile en venant s'asseoir à côté du commercial sur le bord du lit. Depuis ma dernière rupture, je suis… méfiante avec les hommes. Pourtant, j'ai le sentiment que tu ne m'as jamais menti, n'a jamais tenté de me manipuler. Tu m'as appris à te faire confiance.

Elle inclina la tête, vint chercher sa bouche. Il accueillit son baiser avec tendresse, caressant ses lèvres de la pointe de sa langue.

Leur baiser s'approfondit alors qu'elle mêlait ses doigts à la chevelure rousse.

— Toutes ces étapes et ces galères pour en arriver ici et maintenant, murmura la jeune femme. J'ai envie de toi, j'ai confiance en toi, et je n'ai plus peur. Alors si je me suis trompée sur ton compte, il faut me le dire tout de suite et quitter cette pièce. Mais si j'ai eu raison de t'ouvrir mon cœur… Alors, prends-le. Et moi avec.

# 35.

Dixon ne se le fit pas dire deux fois. Étreignant Cécile, sans cesser de l'embrasser, il la fit lentement basculer sur le dos. À présent, il était au-dessus d'elle, et déposait entre ses seins des baisers humides.

Il était rasé de la veille, et un duvet rêche ajoutait du piquant à la caresse de sa bouche sur le ventre de Cécile. Elle redressa les genoux lorsqu'il eut fait glisser sa jupe.

Comme il la trouvait belle, ainsi offerte ! Jambes repliées et le dos cambré, elle l'invitait à lui embrasser l'aine et la peau tendre entre ses cuisses.

— Reviens, souffla-t-elle, et il remonta, s'appuyant sur un coude.

— Trop vite ? demanda-t-il.

— Embrasse-moi encore. Dis-moi que rien ne va nous interrompre, cette fois.

— Ma chérie, souffla-t-il en souriant, je te promets que rien ne pourrait m'empêcher de te faire l'amour, ici et maintenant. J'ai lutté pendant des mois contre mes sentiments pour toi. J'avais peur d'un nouveau désastre, d'une nouvelle rupture. J'avais peur que mon cœur soit brisé de nouveau. Je ne pensais pas pouvoir retomber amoureux. Et pourtant...

— Quel temps on a perdu, avec nos cœurs brisés ! constata Cécile d'un air affligé, en l'attirant contre elle pour défaire sa braguette. Est-ce qu'on aurait pu être ensemble il y a des semaines, si on n'avait pas tous les deux été terrifiés à cause de nos aventures précédentes ?

— Tu connais tout de mon histoire, mais je ne connais pas la tienne.

— Je t'en parlerai… à un autre moment. Pour le moment, embrasse-moi.

Ils s'embrassèrent encore, longuement, savourant leurs bouches et leurs souffles mêlés. Les mains de Josh glissèrent dans le dos de Cécile pour dégrafer son soutien-gorge, alors que cette dernière, audacieuse, s'aventurait du bout des doigts à l'intérieur de son pantalon. Lorsqu'elle fut seins nus, frissonnante devant lui, il ne cessa pas de l'embrasser, et glissa le pouce sur son téton, qu'il sentit se dresser sous ses doigts.

— Que tu es belle ! lui souffla-t-il, en descendant sa main très bas, entre ses cuisses.

Elle n'était pas entièrement épilée, et il étendit les doigts entre les boucles de sa toison pubienne, cherchant sa fente humide. Elle gémit lorsqu'il y glissa le majeur en une longue caresse, lentement, de bas en haut.

Accompagnant le mouvement, elle referma son poing sur la verge chaude et veloutée qu'elle tenait entre ses doigts. Ainsi allongés l'un contre l'autre, ils se caressèrent réciproquement, sensibles l'un comme l'autre au tremblement de leurs souffles et aux battements désordonnés de leurs cœurs. Le reste de leurs vêtements, pantalon, jupe, sous-vêtements, ne tardèrent pas à tomber au sol. Alors tout à fait nus, ils s'étreignirent. Leurs peaux étaient chaudes, leurs baisers ardents.

— Tu as un préservatif ? demanda Josh.

— Dans mon sac, répondit Cécile en se redressant. Attends.

Elle s'arracha à ses bras le temps d'aller le chercher. Josh eut un demi-sourire en reconnaissant son préservatif, celui qu'il lui avait « donné » à Pomona, avant de la chasser de la voiture.

— Je l'ai gardé spécialement pour cette occasion, sourit Cécile avec malice.

Mais au lieu d'en déchirer l'enveloppe, Josh déposa le rectangle argenté sur la table de nuit et attira la jeune femme contre lui. Elle retomba contre les oreillers et se redressa sur ses coudes :

— Qu'est-ce que tu fais ? dit-elle, non sans inquiétude.

— Tu as confiance en moi ?

Cécile fronça les sourcils. Si Josh lui faisait le même coup que Dennis, elle n'allait pas s'en remettre. Cette séquence érotique prometteuse tournerait au vaudeville. Elle voulut protester :

— Josh, la capote ! Je …

Mais il ne la laissa pas finir sa phrase. Écartant ses cuisses des deux bras, il vint déposer sur le sexe de Cécile une longue caresse de la pointe de la langue. Elle poussa un gémissement langoureux en retombant sur les draps.

Son amant savait visiblement ce qu'il faisait. Retenant ses jambes des deux mains, il léchait et suçait les pétales de son sexe avec des gestes experts. En haut, le bouton du clitoris, qui fit crier Cécile lorsqu'il vint l'agacer de la pointe de la langue. En bas, l'anneau du vagin, qui la fit frémir comme il y insérait lentement un doigt.

— Oh, fuck !

C'était si bon qu'elle ne put s'empêcher de lui saisir les cheveux à deux mains pour accompagner le mouvement de son visage contre son sexe. Josh donnait des coups de langue rapides, prenant visiblement du plaisir à l'exercice, et Cécile se mit à bouger pour le guider contre elle, contre les recoins les plus sensibles de son corps.

Elle était ardente, la peau moite d'une sueur brûlante, les cheveux en bataille sur l'oreiller alors qu'elle renversait sa tête en arrière, les yeux clos. Josh avait inséré un deuxième doigt en elle, accompagnant le mouvement de sa langue, et Cécile gémit, submergée par une vague chaude qui remonta jusqu'à ses joues. Elle allait jouir sous peu, s'il continuait ainsi, et le plaisir était tel qu'elle peinait à réprimer le mouvement incontrôlable de son ventre.

— Oh, oui ! laissa-t-elle échapper, en français. Oh Josh, encore !

Il comprenait le sens de ces mots-là, et redoubla d'ardeur, de sa bouche et de ses doigts. Cécile se redressa, serrant les doigts dans ses cheveux jusqu'à lui faire mal, et laissa monter la sensation qui s'amplifia d'un coup, faisant rouler ses yeux dans ses paupières. L'orgasme déferla sur elle, enflammant sa peau des orteils jusqu'à la racine des cheveux, et elle poussa un long cri d'extase en retombant sur les draps. Frémissant et en sueur, elle l'accueillit contre elle et l'embrassa voluptueusement. Elle avait transpiré dans son plaisir, et de petites mèches blondes adhéraient à la peau de son front et de ses tempes.

Josh les écarta du bout des doigts :

— Tu es la plus incroyable femme au monde, dit-il. Tu es belle, et brillante… J'ai une chance de dingue de t'avoir rencontrée.

Cécile eut envie de pleurer. Tom ne lui avait jamais parlé ainsi. Avait-elle connu un jour un amant qui la contemplait avec autant de vénération dans les yeux ?

— Je t'aime, dit-elle.

C'était sorti tout seul, et elle le regretta aussitôt. Tous les hommes fuyaient si on s'attachait trop vite. Elle était passée par là tellement souvent !

Mais Josh ne grimaça pas, ne la repoussa pas. Il ne se mit pas à balbutier des trucs d'un air mal à l'aise, il ne fit pas mine de s'enfuir.

À la place, il l'embrassa profondément, à pleine bouche.

— Je t'aime, répondit-il alors, et Cécile crut que son cœur allait exploser dans sa poitrine.

Lorsqu'il se sépara d'elle, ce fut pour ouvrir enfin l'emballage du préservatif. Il revint contre sa peau et s'allongea sur le côté, contre son dos, tout en embrassant tendrement la nuque de la jeune femme. De la main gauche, il saisit son sein, caressant inlassablement le téton.

Cécile souleva la cuisse pour l'aider à prendre position. Elle ferma les yeux en sentant le pénis de Josh pousser contre son centre, et laissa échapper un soupir d'aise lorsqu'il la pénétra enfin.

Il se mit à bouger en elle, lentement d'abord, lui laissant le temps de s'habituer à son corps, puis plus vite et plus fort. Cécile avait fermé les yeux. Son corps était à vif, sa peau encore frémissante de son orgasme précédent. Les sensations tendres et profondes de la pénétration faisaient battre son cœur et elle ne tarda pas à ahaner en rythme, entièrement à l'écoute de son plaisir. Qu'il était bon de faire l'amour ! Comment avait-elle tenu si longtemps sans jouir, littéralement, du plaisir charnel ?

Josh bougeait fort, frappait ses fesses de ses hanches, et lui avait glissé deux doigts dans la bouche. Soudain, il cessa son mouvement, et la repoussa sur le ventre pour se positionner au-dessus d'elle. Cécile écarta les cuisses et souleva les hanches, dans une position soumise et offerte. Il pouvait faire d'elle ce qu'il voulait, et elle ne demandait pas mieux. Il la pénétra d'un coup, par-derrière, en s'accrochant des mains à ses hanches, et elle cria de plaisir sous son assaut. Il venait profondément en elle, presque brutalement, et la griffure des doigts de son amant sur sa peau souple accentuait ses sensations.

— Oh fuck, Cécile ! T'es tellement bonne, si tu te voyais, là…

Ces mots crus dans sa bouche trahissaient son émoi, et Cécile n'en fut que plus excitée.

— Baise-moi fort, Dixon ! ordonna-t-elle, et il redoubla d'ardeur.

La pièce fut bientôt emplie du son de leurs soupirs et du claquement de leurs peaux alors que tous deux se laissaient aller à un acte charnel à la violence presque animale. Il la baisa, fort, comme elle l'avait réclamé, et Cécile osa enfin lâcher prise et cria de plaisir sous ses coups de reins. Lorsqu'il descendit une main sous son ventre, cherchant son clitoris du majeur, elle se cambra pour lui laisser accès. Sous ses doigts, elle devenait chatte. Elle sentit monter la vague chaude pour la seconde fois, accompagna le mouvement de ses hanches, et soudain, tout fut blanc.

Un long cri remonta de son ventre et vint mourir sur ses lèvres alors qu'elle jouissait violemment, les cuisses secouées de soubresauts. Son plaisir fut tel qu'il emporta Josh à sa suite, et il poussa un gémissement rauque en jouissant à son tour en longues saccades chaudes.

Épuisés, frémissants, ils retombèrent sur le lit. Josh embrassait la nuque de Cécile, qui pivota pour saisir sa bouche.

Le préservatif fut ôté, noué, et rejeté au bord du lit.

Cécile se retourna tout à fait, vint se blottir dans les bras de son amant, et lui donna un profond baiser, cherchant sa langue.

— On est ensemble alors ? murmura Josh, qui lui avait saisi le visage à deux mains pour l'embrasser plus voluptueusement encore.

— Oui, sourit Cécile. Je crois que là, c'est officiel.

# 36.

Encore nue et moite de sueur, Cécile saisit son téléphone.

— On a loupé le déjeuner... La plénière[24] est dans une demi-heure. Qu'est-ce qu'on fait ?

— Comment ça, qu'est-ce qu'on fait ? dit Josh en cherchant ses vêtements. Je peux te lécher encore, si tu veux, mais pour le reste il faut me laisser un peu de temps !

Cécile lui donna une tape sur l'épaule :

— Je ne parle pas de sexe ! Je parle des collègues. Qu'est-ce qu'on fait ? Tu pars devant ?

Josh s'interrompit. Son regard était sérieux :

— Tu as honte d'être vue avec moi ?

— Ce n'est pas ce que j'ai dit, murmura Cécile, qui sentait la conversation s'aventurer vers un terrain glissant.

— Alors quoi ? Parce que moi, je serais fier, et heureux, d'arriver à ton bras dans la salle du restaurant.

Il enfilait sa chemise. Cécile demeurait, nue, assise sur le lit.

— Et si les gens parlent ?

— Qu'ils parlent. Je me fous de l'opinion des gens.

Cécile baissa les yeux, et Josh vint prendre place à côté d'elle. Il refermait les boutons de sa chemise de bas en haut.

— Hey, ma chérie, dit-il tendrement. Parle-moi. On vient de faire l'amour, je crois qu'on peut se faire confiance.

La jeune femme ne trouvait pas les mots. Elle balbutia :

---

24. Réunion générale, qui réunit tous les salariés

— Si tout le monde nous voit, on sera officiellement en couple aux yeux de tout Diatomir. Si tu me quittes, je vais passer pour une catin et je devrai quitter l'entreprise. Tu comprends ?

Josh demeura silencieux un instant. Du bout des doigts, il caressait les mèches blondes de Cécile, les glissait derrière son oreille.

— Pourquoi voudrais-tu que je te quitte ? Est-ce qu'on n'a pas déjà eu toutes les engueulades possibles ? Et pourtant, nous sommes là… Attirés l'un vers l'autre, irrésistiblement.

— Les hommes me quittent, soupira Cécile. Ça commence toujours par des promesses, j'offre mon cœur, et ensuite ils se barrent avec ma sœur.

— De quoi ?

Josh avait haussé les sourcils, l'air perplexe. Il tendit son chemisier à Cécile :

— Qu'est-ce que c'est que cette histoire de sœur ?

Alors la jeune Française lui raconta comment elle était tombée amoureuse, à sens unique, de Tom Leroy, son camarade de classe, au collège. Comment il l'avait repoussée, plusieurs fois, durant leur scolarité. Comment sa petite sœur s'imposait dans tous leurs rendez-vous, toutes leurs sorties entre amis. Comment après s'être recontactés sur les réseaux sociaux, un an plus tôt, Tom et elle étaient redevenus amis, puis amants. Comment elle avait cru avoir rencontré son futur mari, le père de ses enfants, son amour de toujours. Comment sous son nez, alors qu'elle s'était absentée pour sauver le dossier Square Corp, ici à San Francisco, il avait couché avec sa propre sœur. Comment il lui avait menti et l'avait trompée, comment il l'avait quittée. Comment elle avait envisagé d'avaler tous ses somnifères pour libérer son cœur de cette souffrance qui lui ôtait l'envie de vivre… et comment elle avait pris peur et avait tout vidé dans les toilettes, un soir.

Elle n'avait plus touché aux médicaments, depuis, et avait accepté l'offre d'emploi au sein des équipes américaines de Diatomir.

Il connaissait la suite.

Dixon l'avait écoutée avec attention, sans l'interrompre. Lorsqu'elle eut terminé, il la serra tendrement dans ses bras.

— Je n'aurais jamais pu imaginer que la super nana que j'ai secouée lors de son arrivée chez Diatomir sortait d'une histoire aussi sordide. Tu as toujours été si forte, Cécile !

— Je ne suis pas forte. Je suis fatiguée. Celui que je prenais pour mon grand Amour m'a trahie et humiliée. Celui que je prenais pour mon ami et allié m'a mise à la porte quand j'ai refusé de coucher avec lui.

— On parle de qui, là ?

— Dennis Bakari, soupira Cécile, honteuse. Tu avais raison, Josh. Il était minable.

Josh fronça les sourcils :

— Attends, Dennis t'a mise à la porte ? Mais c'est arrivé quand ? Tu vis où ?

— Ça fait une dizaine de jours, c'est Zaina qui m'héberge. C'est provisoire ! Je cherche une nouvelle coloc.

— Viens chez moi.

— Tu n'es pas sérieux ! protesta Cécile. On sort ensemble depuis dix minutes ! Et Molly ?

— Je ne te demande pas de m'épouser ! rétorqua le commercial. Mon appart fait trois fois celui de Zaina, tu ne peux pas squatter son canapé indéfiniment ! Et puis,

Molly ne va pas rester pour toujours non plus. Elle doit rentrer à Portland. Elle a un job, là-bas.

— Je refuse de mettre Molly à la porte ! Elle est enceinte !

— Il n'est pas question de la mettre à la rue ; je vais financer son nouvel appartement et son déménagement, avec ma prime, tu t'en rappelles ? Les 800 000 dollars que je t'ai offerts. Et lui payer un avocat pour le divorce, aussi !

Cécile haussa les épaules. S'installer chez Josh lui semblait prématuré. Et s'il se lassait d'elle ? Et s'il découvrait qu'elle avait d'épouvantables défauts ?

— Je ne sais pas. Je vais y réfléchir. En attendant… Je dois me rhabiller et rejoindre le reste des collègues pour la réunion.

Elle saisit son chemisier, mais fit une grimace.

— Mes fringues sentent le sexe… je vais me doucher et me changer.

— Si tu changes de vêtements, observa Josh d'un air taquin, les gens vont se douter de quelque chose…

— Si j'exhale le musc et le sperme aussi, mais en plus, ils vont me prendre pour une souillon !

Sans attendre de réponse, elle se leva et se dirigea vers la douche.

Elle n'y était pas depuis trois minutes que Josh la rejoignit sous l'eau. Sous le jet chaud et apaisant, ils s'embrassèrent à perdre haleine, oubliant de se laver. Parce qu'il n'y avait pas vraiment de place pour deux, c'est encore tout trempés qu'ils s'entraînèrent de nouveau sur le lit, et après avoir enfilé un nouveau préservatif, ils firent de nouveau l'amour, passionnément.

Cécile se sentait ivre d'amour et de sexe. Elle aurait voulu passer ces trois jours à faire l'amour à Josh, encore et encore. Effacer sur sa verge toutes traces de Tom, de

Dennis, de tous les autres avant. N'être qu'à lui ; ne l'avoir que pour elle.

— Tu n'es pas obligée de me donner une réponse tout de suite, pour l'appartement, murmura Josh alors qu'il jouissait aux creux de ses reins, front contre front. Mais tu y seras la bienvenue, quand tu seras prête.

Cécile en aurait pleuré de bonheur. Quand avait-elle ressenti une telle félicité voluptueuse pour la dernière fois ? Avec Tom peut-être ? Mais quand ? Elle ne s'en rappelait plus. Elle ne se rappelait plus avoir apprécié le sexe à ce point-là, avec qui que ce soit.

Est-ce que c'était ça, alors, le grand Amour ?

Il fallut pourtant finir, se laver, se rhabiller.

La deuxième douche fut plus rapide, et plus efficace. Josh, qui n'avait pas d'alternative, remit sa chemise.

Cécile, après une hésitation, choisit un jean plutôt que sa jupe, et un joli t-shirt au col asymétrique. C'était plus casual, moins guindé. Ça correspondrait mieux à une après-midi informelle.

Alors qu'elle se coiffait et se maquillait rapidement, Josh vint glisser ses bras autour de sa taille et enfouir son visage contre sa nuque. C'était si tendre qu'elle sentit monter en elle une nouvelle envie de sexe.

Mais ils n'en avaient plus le temps.

— Je peux partir devant, si tu veux. Je ne voulais pas te mettre la pression, tout à l'heure. Je veux dire… je respecterai ta décision. Tu peux prendre le temps que tu veux pour en parler, ou non.

Cécile se tourna, adossée au lavabo de la salle de bain, et étira ses bras autour du cou de son amant :

— J'ai pris ma décision, Josh Voldemort Dixon.

Zaina surveillait son téléphone, guettant un message de Cécile. Son amie allait rater le début de la réunion plénière alors qu'elle devait présenter le dossier Hérion comme *user case* [25]!

Elle avait clairement vu Josh entrer chez Cécile, après que cette dernière l'ait mise à la porte. Qu'est-ce qu'ils fichaient ? C'était anormal qu'une engueulade dure aussi longtemps !

Elle se demanda un instant si elle devait aller voir. Cécile lui avait-elle pardonné ses indiscrétions précédentes ?

À cet instant, un brouhaha lui fit lever les yeux de l'écran de son téléphone.

Dans la grande salle de réunion, tous les visages se tournèrent vers l'entrée.

Cécile était de retour et franchissait les portes, main dans la main, avec Josh Dixon.

---

25. "Cas d'usage" : on présente un dossier spécifique et les éléments mis en place ayant mené à sa réussite ou à son échec

# 37.

Cécile ne parvenait pas à détacher son esprit de la main de Josh dans la sienne, devant tout le monde ; de la fierté que ça lui procurait.

Même Emmitt était resté bouche bée ; lui qui trollait habituellement sans fin simplement pour être au centre de l'attention, s'était retrouvé stupide et muet.

Cécile et Josh ? Vraiment ?

Zaina n'avait pas eu le temps de faire un commentaire : la première présentation de l'après-midi était celle du binôme, chargé de partager sa gestion du dossier Herion. Le contrat à près de dix millions de dollars ne laissait personne indifférent. On voulait comprendre les attentes du client, la technicité maîtrisée par l'ingénieure française, les techniques de négociation employées par le commercial pour gonfler aussi spectaculairement le cahier des charges et sa facture.

Cécile, debout sur l'estrade, répondait aux questions sur le PoC[26] qui l'avait accaparée durant trois mois. Dixon, à sa droite, la dévorait des yeux.

Elle en rougit, perdit le fil de ses pensées.

— *Get a room*[27] ! cria Emmitt à travers la pièce, et on rit.

Zaina, les bras croisés, leva les yeux au ciel.

Lorsque Cécile et Josh terminèrent leur exposé, sous les applaudissements polis de leurs collègues, Zaina fit signe

---

26. Proof of concept ou PoC : quand l'ingénieur.e adapte le logiciel aux spécificités du client.
27. " Prenez une chambre "

à son amie de venir s'asseoir à côté d'elle, sur les chaises alignées dans la salle.

Mais il n'y avait qu'une place. Avec un haussement d'épaules, le couple alla s'asseoir plusieurs rangs en amont, côte à côte.

L'ingénieure n'entendit rien des explications de l'équipe marketing sur les salons passés et les marchés à conquérir. Tout ce qu'elle savait, c'était que la main de Josh lui caressait la cuisse, et que ce seul contact par-dessus son jean lui donnait chaud. Elle avait envie de lui, encore.

C'était toujours comme ça, quand on se découvrait un amoureux : on voulait faire l'amour tout le temps. Sa main gauche remonta sur la cuisse de Josh, vint frotter doucement contre sa braguette. Elle vit ses oreilles rougir, et il se pencha vers elle, comme pour lui chuchoter quelque chose.

À la place, il happa le lobe de son oreille entre ses lèvres :

— Viens, on s'échappe, murmura-t-il.

Elle se dégagea en souriant et lui donna un coup de coude :

— Non, ça ne se fait pas. Cette réunion n'est pas facultative !

Kirsten ne dirait certainement rien, mais Cécile ne souhaitait pas tirer sur la corde. S'afficher en couple, c'était déjà beaucoup, dans un cadre professionnel. Ça serait mieux toléré si ça ne devenait pas un prétexte pour ne plus respecter les rituels et le travail des autres. Si leur relation devenait source des problèmes au bureau, l'un des deux devrait quitter les lieux.

Dixon acquiesça lorsqu'elle le lui expliqua par texto, bien qu'il soit assis immédiatement à sa gauche – c'était plus discret que de papoter comme des collégiens bavards.

Ils se tinrent tranquilles durant les deux premières heures de présentations diverses, de bilans financiers, de roadmap pour le logiciel.

Main dans la main, ils se caressaient tendrement la paume. C'était suffisant pour que Cécile ne parvienne pas à se concentrer sur le moindre mot prononcé sur l'estrade. Son esprit était ailleurs et son corps ne demandait qu'à le suivre.

Les textos de Zaina l'arrachèrent à sa torpeur :

**Zaina – Aug 14 - 3 h 27**
*Félicitations*
**Zaina – Aug 14 - 3 h 33**
*Je suppose que « ça va jaser » n'est plus un problème maintenant ? Si vous vouliez être discrets, c'est raté.*

Cécile se mordit la lèvre. D'un coup d'œil en arrière, elle croisa le regard de Zaina. Son amie fronçait les sourcils, les dents serrées. La jeune Française ressentit une pointe de tristesse. L'amitié était-elle un vase communiquant ? Ne pouvait-elle pas avoir de l'affection pour deux personnes à la fois ?

Que répondre ?

**Zaina – Aug 14 - 3 h 45**
*Tu m'as dit que tu voulais être tranquille, mais la compagnie de Dixon ne t'a pas dérangée, on dirait.*
**Cécile – Aug 14 - 3 h 47**
*Je ne peux pas parler, là. Je suis désolée de t'avoir envoyée sur les roses tout à l'heure, j'ai paniqué. On prend un verre ensemble après la réu ? Je crois que j'ai beaucoup de choses à te raconter.*

C'était la réponse la plus neutre qu'elle pouvait lui donner. Chatouiller Zaina sur la jalousie dont elle faisait visiblement preuve, ou sur leur engueulade à l'heure du déjeuner, n'apporterait rien… sinon, éventuellement, de les brouiller pour de bon.

Il s'écoula une dizaine de minutes avant que son amie lui adresse une réponse. Peut-être avait-elle longuement hésité sur l'attitude à adopter : pardonner ? Persister ?

**Zaina – Aug 14 - 4 h 1**
*Ok. J'avoue que j'ai du mal à te suivre. Rien de ce qui se passe ne correspond à ce que j'ai cru connaître de toi ces dernières semaines. Je suis paumée.*

**Zaina – Aug 14 - 4 h 3**
*Mais ça fait plaisir de te voir aussi heureuse. Et je crois que je n'avais jamais vu Dixon sourire, avant.*

Ce dernier message toucha Cécile en plein cœur. C'était une déclaration d'amitié, une démarche de paix de la part de l'amie qu'elle avait délaissée, à qui elle avait caché la nature réelle de ses sentiments. Depuis des semaines, Cécile s'apitoyait sur Dennis ou se plaignait de Josh, mais jamais elle n'avait avoué à l'afro-américaine le changement progressif de son cœur. Elle ne lui avait pas parlé de Pomona, elle ne lui avait pas parlé des baisers dans la salle de réunion. Elle avait tout dissimulé à la seule vraie amie qu'elle avait ici.

Peut-être que cette dernière aurait apprécié qu'on lui fasse confiance, à elle aussi…

On fit une pause avant d'enchaîner sur de nouvelles présentations, de nouvelles diapos Powerpoint avec des cliparts animés – passionnant. La salle se dispersa ; on allait fumer ou boire un café.

— Tu prends cinq minutes pour me résumer les cinq derniers mois de ta vie ? lui dit Zaina avec un sourire résigné. Je crois que j'ai loupé quelques étapes...

— D'accord, répondit Cécile, rayonnante. Laisse-moi passer aux toilettes, je te rejoins juste après et promis, je te raconte tout.

Elle s'éloigna. La pause durait une dizaine de minutes ; quelle torture ! Elle avait tellement de choses à raconter, d'un seul coup !

Mais elle n'arriva pas jusqu'aux toilettes. La main de Josh se referma sur son poignet et l'attira derrière une porte.

— C'est quoi cet endroit ? demanda Cécile, en découvrant une espèce de placard aux étagères chargées de matériel divers.

— A priori, un stock pour les équipes de ménage, souffla Josh en l'attirant contre lui. Pas un endroit où nous serons dérangés. Dépêche-toi, on n'a pas beaucoup de temps...

Il s'était approché d'elle et cherchait sa bouche. Cécile le repoussa :

— Je dois faire pipi. Et Zaina m'attend !

— Moi aussi, je t'attends, répondit le commercial.

Et saisissant les poignets de Cécile, il la repoussa contre la porte. Elle sentit ses omoplates cogner contre le bois.

— Tu veux faire l'amour ici ? s'étonna la jeune femme. Avec tout le monde juste derrière cette porte ? On pourrait nous entendre !

— Alors il faudra te mordre les lèvres pour ne pas crier...

Il était bien plus grand qu'elle et l'avait coincée entre ses bras. Cécile frissonna d'un désir inavouable. Qu'il était beau, avec son regard à la fois glacial et brûlant de détermination, ses mèches rousses sur son front et sa bouche entrouverte ! Cette attitude dominante lui rappela celle des premiers jours, celle du café chez Momo's, celle des concours d'égo au bureau, quand il testait sa résilience. Ô combien elle l'avait haï alors ! Et aujourd'hui, pourtant, ça lui faisait l'effet inverse. Elle avait envie de…

Sans détacher ses yeux de ceux de Josh, Cécile entreprit de défaire sa braguette. Ceinture, boutons. L'assurance du commercial vacilla imperceptiblement ; il n'avait pas dû s'attendre à ce qu'elle reprenne l'initiative.

— C'est toi qui vas devoir te retenir, Dixon. Parce que j'ai l'intention de te faire perdre tes moyens.

— Encore des promesses en l'air, Pasteur ? renchérit-il.

Okay, alors c'était un défi. Lorsqu'elle extirpa sa verge, chaude et déjà luisante, il tenta de la déshabiller, mais Cécile repoussa ses mains d'une petite tape.

Il allait protester lorsqu'elle descendit sur ses genoux.

À cet instant, Josh vit trente-six chandelles.

La bouche de Cécile se referma sur son pénis, et il faillit perdre l'équilibre. D'une main, il s'accrocha à un chariot contre lequel il parvint à s'adosser et de l'autre, il prit appui sur une des étagères.

— Fuuuuck, Cécile ! parvint-il à articuler, les joues en feu.

Il ne la vit pas sourire, mais elle n'en était pas moins ravie. Elle venait de reprendre le contrôle. Ainsi en allait-il de leur relation : une lutte d'égos, une lutte pour la dominance, l'un contre l'autre, l'un défiant l'autre, en permanence. Il avait voulu l'intimider et l'exciter en lui faisant l'amour, sans prévenir, dans un placard à balais… il se retrouvait le pantalon sur les genoux, cherchant son équilibre, luttant pour ne pas jouir trop vite.

Qu'elle était moelleuse, la bouche de Cécile sur son sexe ! Chaude, glissante. Elle avait l'air d'aimer ça.

Ce qu'elle aimait surtout, c'était de le voir perdre son assurance. Plus elle suçait, léchait, caressait, et plus Josh paraissait vulnérable. Il y avait quelque chose de jouissif à le voir ainsi, le macho-man, le terrifiant Dixon, le commercial agressif, abandonné entièrement au plaisir qu'elle lui procurait.

— Oh Fuck. Oh Fuck ! balbutiait-il, comme incapable d'articuler des phrases cohérentes.

Cécile relâcha sa verge, laissant un fil translucide de salive s'étirer jusqu'à sa bouche :

— Mords-toi les lèvres pour ne pas crier, champion.

Et sans attendre de réponse, elle reprit sa tâche. Accompagnant sa bouche de sa main droite, elle le sentait durcir sous sa langue.

Il y avait quelque chose de terriblement excitant à le tenir ainsi à sa merci. Les hanches de Josh bougeaient comme involontairement, et soudain il lâcha le meuble contre lequel il avait pris appui pour saisir la tête de Cécile à deux mains et l'attirer contre lui. Elle le laissa faire. Elle aimait sentir la pression dans ses cheveux, la façon dont il agissait par instinct.

Le mouvement de Dixon devenait irrégulier, et c'est avec un long râle étouffé qu'il jouit soudain, dans la bouche de la jeune femme. Elle le lécha jusqu'au bout, déglutit, puis s'essuya les lèvres. Josh lui avait tendu la main pour l'aider à se relever. Elle prit le temps de remettre son pénis, déjà tendre, dans son pantalon.

Sans lui laisser le temps de parler, le commercial la saisit au visage, des deux mains, mêlant ses doigts à ses cheveux, et la plaqua contre le mur pour l'embrasser, violemment. Leurs dents s'entrechoquèrent. La tête de Cécile percuta la cloison et elle poussa un petit cri, alors qu'il lui mordait la lèvre, presque brutal.

— Putain, souffla-t-il, tu me rends fou. J'ai envie de t'arracher tes vêtements !

— Oui, mais non, Josh Dixon, répondit Cécile calmement. On doit retourner en réunion. Alors on va rester raisonnables.

— Tant pis pour la réunion ! s'exclama-t-il, tirant brutalement sur le jean de la jeune femme.

Mais elle repoussa sa main, lentement.

— Non. J'ai gagné, tu as perdu tes moyens. Maintenant respire profondément, parce qu'on y retourne.

Elle s'amusait beaucoup de le voir ainsi à sa merci, et se recoiffa rapidement.

— Je pars devant. À toute !

L'instant d'après, Dixon se retrouvait seul dans l'obscurité du cagibi, avec une nouvelle érection montante. Bon sang, elle avait raison, elle le tenait totalement sous son contrôle.

# 38.

*Tu m'as posé un lapin. Tu étais avec Dixon ?*

Merde. Elle avait totalement oublié Zaina ! Cécile lui
avait promis de lui parler, de se rattraper pour les loupés
précédents, et elle venait de la planter.

Elle chercha son amie du regard parmi la multitude
de dos tournés vers l'estrade, et finit par l'apercevoir,
plusieurs rangs devant elle. Cette dernière lui tournait le
dos.

Une main vint se poser sur l'épaule de la jeune Française,
et elle sourit à Josh qui vint prendre place à son côté.

Il avait encore les cheveux en bataille. Cécile glissa
une main dans sa tignasse pour lui redonner un semblant
d'ordre.

— J'ai gagné, dit-elle en haussant malicieusement les
sourcils. J'ai dompté Voldemort lui-même.

— J'aurais jamais imaginé que Cruella soit un si bon
coup, confirma-t-il.

— Cruella a un souci, cela dit… ajouta Cécile avec une
pointe de tristesse. J'ai caché pas mal de choses à Zaina,
alors qu'elle a toujours été là pour moi et s'est mobilisée
sans poser de questions pour affronter Dennis. Depuis tout
à l'heure, j'ai l'impression de la délaisser.

— Oui, enfin ça fait deux heures. Elle va s'en remettre !
Tu la verras ce soir !

— Je compte la voir ce soir. Je compte donc sur toi pour me laisser un peu de répit. *Sisters before misters, sir*[28] !

— D'accord, mais tu dors dans ma chambre.

— D'accord pour ta chambre, mais sans dormir.

— *Deal*[29].

— *Deal*.

Aussitôt la dernière présentation finie, quand tous les salariés furent libérés quelques heures avant le dîner et la soirée dansante, Cécile se dirigea droit vers son amie :

— Je suis désolée pour tout à l'heure. J'ai... été, euh... Enfin tu sais.

Zaina leva les yeux au ciel :

— Je crois que je sais, oui. C'est quand même étrange. Ça fait quatre mois que vous ne vous supportez pas, quatre mois que je te soutiens et que je t'écoute te plaindre de lui, et là soudainement, c'est l'homme de ta vie ? Il t'a jeté un sort ou quoi ? Depuis ce midi, tu ne me calcules plus.

— C'est plus compliqué que ça, soupira Cécile. En fait... ça fait des mois que je craque pour lui en secret. Mais comme c'est visiblement ce qu'on attend d'une ingénieure – qu'elle soit sautée par Dixon – j'ai lutté misérablement pour ne pas céder. Ça n'a pas été très efficace.

— Mouais. J'aurais peut-être apprécié que tu m'en parles. C'est quoi ces cachoteries ? Tu as confiance en moi au point d'habiter dans mon salon, mais pas au point de m'avouer tes sentiments ?

— Je suis désolée... J'aurais dû t'en parler. Avec les rumeurs, au bureau, j'ai eu peur que ça fasse des problèmes. Regarde Emmitt tout à l'heure ! Il prend du

---

28. " Les copines avant les mecs "
29. " Marché conclu "

plaisir à humilier les gens. Tu riais avec lui. J'avais peur
d'en prendre plein la figure…

Zaina se servit une tasse de café au thermos :
— Je suis déçue, Cécile. Tu viens de me dire que tu ne
crois pas pouvoir compter sur moi, pas pouvoir me faire
confiance. J'ai rigolé avec Emmitt, mais je t'ai présenté des
excuses. Je peux entendre ce qu'on me dit, si on me parle.
Mais tu ne m'as pas parlé : tu m'as claqué la porte au nez,
à la place ! Pour t'héberger, Zaina est ta meilleure amie,
mais quand il s'agit d'être un peu sincère, elle n'est plus à
la hauteur. Ça me blesse que tu aies cette opinion de moi,
tu comprends ? Je pensais qu'on était plus que ça.
— Tu as raison, répondit Cécile en baissant les yeux.
J'ai manqué de sincérité. C'est à moi de te présenter des
excuses. J'ai eu une histoire compliquée avec mon ex, j'ai
vécu une trahison violente. Depuis, j'ai des problèmes de
confiance. Je me méfie des gens… ce n'est pas contre toi.
J'ai toujours peur d'être trahie de nouveau.
La jeune Française glissa sa mèche derrière son oreille,
le regard las :
— Et tu vois, avec Dennis ça n'a pas loupé. J'ai baissé ma
garde et il s'est engouffré à l'intérieur comme le dernier
des salauds. Alors j'ai… regretté d'avoir commis une telle
erreur.
— Et Dixon ? Qu'est-ce qu'il a de si spécial à part
t'humilier quotidiennement depuis des mois ? Pourquoi
est-ce que lui, a gagné le droit d'ouvrir ta coquille ?
— Il a toujours été transparent avec moi. Il m'a secouée,
m'a poussée à me dépasser, et m'a acculée jusqu'à me
contraindre à riposter. Je ne sais pas si c'était fait exprès,
mais il m'a renforcée.

— Tu souris bêtement, observa Zaina et Cécile réalisa qu'elle avait raison : elle souriait sans même s'en rendre compte.

Simplement parler de Dixon illuminait son visage. Zaina l'avait vu, aussi, et leva les yeux au ciel, mais sans colère, cette fois. Elle ajouta :

— Et moi ? Je ne t'ai pas menti, que je sache.

— Je ne sais pas. Je n'ai pas réfléchi à tout… Je sais juste que si tu n'es plus mon amie, je vais être épouvantablement malheureuse.

C'était un demi-mensonge. Cécile avait souffert des rumeurs et des jugements de sa collègue à propos de Josh ; de sa façon de chercher les ragots pour le plaisir d'entendre une histoire juteuse. Mais ce n'était pas le moment de le dire et de toute façon, ça ne changerait rien. C'était derrière elles, à présent.

— Moi aussi, j'aurais aimé que tu sois transparente avec moi, répondit l'Afro-Américaine. Je trouve ça un peu humiliant, de réaliser que je ne sais rien sur celle que je prenais pour une de mes meilleures amies ou pire : que je me trompais totalement.

— À quel sujet ?

— Josh, évidemment ! Visiblement, il s'est passé des trucs depuis des mois. Des choses que j'ai totalement loupées, et peut-être que si on m'en avait parlé, j'aurais pu agir et réagir autrement.

— Je comprends. Mais moi-même je ne comprenais pas ma relation avec Josh jusqu'à… ce midi, quand il m'a rejoint dans ma chambre. Soudain tout a été limpide, mais avant ça ? Le brouillard. Alors j'aurais eu du mal à t'en parler. J'étais paumée…

— Je crois que tu étais paumée, oui, affirma Zaina avec un sourire réconfortant. Est-ce que ça va mieux ?

Cécile hocha la tête, rougissante. Elle avait peine à croire à son bonheur. Son cœur était plein, son ventre était chaud, sa peau était à vif et surtout : elle n'avait plus peur.

Tout était limpide pour elle.

C'était bon, d'enfin envisager l'avenir avec sérénité.

Zaina sourit à son tour. Ses épaules se détendirent :

— Tu fais plaisir à voir, en tous cas. Tu rayonnes. J'aurais pas cru que Dixon puisse faire cet effet à qui que ce soit... d'habitude il transforme plutôt les gens en statues de glace.

— On parle de moi ? intervint l'Américain, en arrivant derrière Zaina.

— Je disais justement que tu avais dû échanger ta place avec un sosie, répliqua la jeune femme. Ça se voit tout de suite, le vrai Josh Dixon ne sourit pas autant. Où as-tu caché ton jumeau maléfique ? Dans une valise sous ton lit ?

— Il est de retour dans la lampe magique, et j'espère qu'il y restera. J'aime bien sourire un peu. Même si ça fait mal aux joues.

Cécile comprenait ce qu'il voulait dire. Quand elle croisait son regard, elle ne pouvait pas empêcher ses lèvres de s'étirer de bonheur, et elle commençait réellement à avoir mal aux zygomatiques à force de sourire bêtement. C'était une saine douleur, finalement.

Josh contourna Zaina et vint déposer un baiser sur la tempe de Cécile avant de la prendre par la taille et de l'attirer contre lui. Elle se laissa faire. Zaina fit rouler ses yeux, une fois de plus. Ils étaient dégoulinants de bonheur, ces deux-là, c'était écœurant ! Mignon, mais écœurant.

— Bon, vous avez une heure avant le dîner. Je vous retrouve en bas tout à l'heure ? Et ensuite, c'est disco ! Vous viendrez ?

— On a passé un marché, sourit Cécile. On vient totalement au dîner, et à la soirée disco. Tu peux compter sur nous.

— Merveilleux. Alors… profitez bien de l'heure qui vient.

— On y compte bien, répondit Josh, humant les cheveux de Cécile.

— Okay, ça suffira pour moi. Ciao.

Et sur ces mots, elle s'éloigna en mimant une grimace dégoûtée.

Cécile soupira d'aise. Elles étaient réconciliées, la main de Josh lui caressait le dos, et plus aucun ragot ne pourrait l'atteindre.

Est-ce que c'était ça, d'être heureuse ?

# 39.

Le reste du séminaire se déroula dans un brouillard
voluptueux.

Cécile dansa tard avec Zaina et le reste de l'équipe,
riant de bon cœur aux blagues au sujet de sa liaison avec
Dixon. Elle n'avait plus rien à cacher ; elle était fière, même,
d'être sa petite amie. Elle le rejoignit dans sa chambre,
comme convenu, et ils ne dormirent pas, comme promis.
Les journées suivantes furent longues, et le manque de
sommeil faillit les épuiser, mais ils ne regrettaient rien,
tous les deux. Chaque instant ensemble était une fête. Ils
n'avaient jamais assez de leurs mains et de leurs bouches
pour se faire du bien.

Les trois jours de retraite à Napa Valley s'achevèrent, et
on rentra qui à San Francisco, qui à Boston.

Une semaine plus tard, Cécile emménageait chez Josh.

\*\*\*

Molly était provisoirement de retour à Portland ; il fut
décidé qu'elle déménagerait à San Francisco, plus près de
Josh, où elle serait mieux entourée que dans l'Oregon, où
elle était seule face à son ex-mari. Josh l'appelait souvent,
surveillant les dossiers des avocats pour négocier le
divorce, l'installation de sa cousine dans une nouvelle
maison, et sa mutation professionnelle.

L'automne s'écoula, on fêta Thanksgiving.

Chez Diatomir, la liaison de Josh et Cécile était connue de tous, et les plaisanteries avaient cessé. Ils souriaient tant, tous les deux, paraissaient si heureux, et travaillaient si bien ensemble, que tout sarcasme semblait hors de propos.

Pourtant, l'humeur de Cécile s'assombrissait à l'approche de l'hiver.

Elle était assise sur le canapé, tenant entre ses mains un livre qu'elle regardait sans le lire. Son partenaire, à sa droite, était occupé à démêler une pelote de laine. Molly avait eu son bébé, une fillette prénommée Julia, et Josh avait pu terminer la couverture à temps. À présent, il s'appliquait à tricoter des cache-cœurs, taille nourrisson. L'image du terrifiant Dixon, le commercial agressif aux costumes de luxe, tricotant de la layette, fascinait Cécile. La scène avait quelque chose de surréaliste : son air concentré, le mouvement précis de ses doigts, la douceur de la laine contrastant avec la raideur de son attitude. Elle le trouvait sexy, irrésistible, même ! Quand elle le voyait ainsi, elle l'envisageait comme le père de ses enfants ; un désir secret dont elle ne lui avait pas encore parlé. C'était trop tôt ! L'ouvrage n'avançait pas aussi vite que prévu, car dès qu'il sortait ses aiguilles et ses pelotes de laine, Cécile venait chercher des caresses et l'interrompait. Son plus grand plaisir était de le sucer, longuement, tandis qu'il faisait mine de continuer à tricoter, jusqu'au moment où il perdait le fil, lâchait tout, et lui faisait enfin l'amour.

Mais aujourd'hui, le tricot avançait bien. Cécile regardait par la fenêtre d'un air absent, perdit sa page, mais ne parut pas s'en soucier.

— Qu'est-ce qui t'angoisse, ma chérie ? lui demanda Josh en lui caressant tendrement l'épaule.

— Je dois prendre des billets d'avion pour la France. Je dois rentrer chez mon père en février. Tu sais, la cérémonie pour maman dont je t'avais parlé… Ça se rapproche.

Josh déposa son tricot et prit tendrement la main de Cécile dans la sienne.

— Tu es inquiète à l'idée de rentrer ? Est-ce que tu veux que je vienne avec toi ?

Elle secoua la tête :

— Non. Pas… pas cette année. C'est trop tôt. L'an dernier, quand je suis venue avec mon petit ami à la maison, il s'est barré avec ma sœur. Je ne veux pas revivre ça.

— Je ne compte pas me barrer avec ta sœur, si c'est ce qui t'inquiète, sourit Josh.

— Ce n'est pas ça. C'est… « nia nia nia Cécile a un nouveau petit ami tous les trimestres »… Je ne sais pas. Je n'ai pas envie de te mêler à ça pour le moment. Tu comprends ?

— Je ne sais pas si je comprends. Mais sache que si tu veux que je vienne, je le ferai. Et si tu ne préfères pas, je respecterai ta décision.

— J'ai peur aussi de… revoir mon ex, au bras de Claire. C'est tellement malsain. L'ambiance va être épouvantable.

— C'est peut-être une bonne chose que je ne vienne pas, en effet, confirma Josh avec un demi-sourire. Je crois que si croisais ce salaud, je serais obligé de lui planter mon poing dans la gueule.

— Je ne pense pas que mon père apprécierait le geste à sa juste valeur… Mais moi, ça me ferait plaisir, je ne vais pas te mentir !

Dixon attira Cécile contre lui. Elle se laissa entraîner jusqu'à se retrouver alanguie sur ses genoux, le visage tourné vers lui et les deux pieds, en chaussettes, sur le canapé. Tendrement, il lui caressait les cheveux. Elle ferma les yeux avec un soupir d'aise.

— Combien de temps vas-tu rester en France ? demanda-t-il.

— Une semaine. Faire plus court sera difficile, le décalage horaire est assez extrême. J'arriverai mercredi et repartirai le mercredi suivant. Je ne verrai Claire et Tom que durant le week-end. Ça me fera plaisir de voir mon père, aussi. Ça ira.

— Il faudra m'appeler tous les jours.

— C'est promis.

***

**Février 2020**

Cécile avait le ventre noué lorsqu'elle prit place dans l'avion pour Paris. Dans une douzaine d'heures, elle serait de retour en France pour la première fois depuis presque un an. Dans trois jours, elle reverrait Claire et Tom, probablement radieux, dégoulinants de leur bonheur conjugal. Elle en avait des nausées.

Cherchant un doliprane dans son sac, sa main se referma sur l'enveloppe que Josh lui avait confiée pour Georges.

*« Je voudrais que tu donnes cette lettre à ton père »*, avait-il dit. *« J'aurais aimé le rencontrer, mais ce sera une prochaine*

*fois. J'ai écrit en anglais, je voudrais que tu lui traduises. Tu es d'accord ? »*

Elle avait acquiescé et rangé l'enveloppe dans son sac.

Mais assise à côté du hublot, cette lettre lui brûlait les doigts. Elle ne lui était pas adressée, elle n'avait donc pas le droit de la lire, mais il faudrait de toute façon qu'elle la traduise, non ?

L'instant d'après, les mains tremblantes, elle dépliait plusieurs feuillets.

Josh avait rédigé une lettre à la main, au stylo bic. C'était rare de lire encore du courrier manuscrit, en ces temps modernes.

*« Dear Georges,*

*Aujourd'hui vous retrouvez Cécile chez vous, à 6000 miles de chez moi. Je crois qu'elle voulait vous revoir seul à seul, après un an de séparation. J'imagine votre bonheur à revoir votre fille ; elle me quitte une semaine et elle me manque déjà.*

*Je suis Joshua Dixon, son partenaire professionnel et depuis quelques mois, son partenaire tout court. Nous travaillons ensemble depuis avril ; les débuts ont été difficiles.*

*J'aime votre fille, et je devine combien cette séparation vous a coûté. Elle m'a expliqué qu'elle était celle qui s'occupait de vous et demeurait à proximité de votre maison, ces dernières années ; c'est la cadette qui a pris le relai à ce niveau et je lui en suis reconnaissant.*

*C'est si fragile, le destin.*

*Sans la brutale déception amoureuse que vous connaissez, Cécile n'aurait jamais accepté le job dans mon service, n'aurait jamais renversé son café sur mon costume, et n'aurait jamais eu à me faire face.*

*Aujourd'hui, je travaille à panser ses plaies, à l'aider à croire à nouveau en l'amour. Mais elle m'apporte davantage encore. Elle fait de moi un homme meilleur.*

*Je vous écris pour vous présenter humblement mes excuses : j'aimerais garder Cécile à mes côtés… jusqu'à ce que la mort nous sépare.*

*Je sais qu'elle vous manquera, mais elle aura la liberté totale de revenir vous rendre visite aussi souvent qu'elle le voudra. J'espère que vous me pardonnerez cette tentative de vous la dérober.*

*Cécile, comme tu lis cette lettre, peut-être à voix haute : je t'aime.*

*Je n'envisage plus ma vie sans toi.*

*Mes activités de célibataire, mes costumes chers, mes voitures, me paraissent futiles à présent.*

*J'aimerais m'éveiller tous les jours à tes côtés, apprendre le français, rencontrer ta famille, visiter tes montagnes.*

*Peut-être qu'une déclaration, un genou en terre, aurait été appropriée, mais en te voyant faire ta valise hier soir, j'ai été frappé par une évidence : tu es la femme de ma vie.*

*Tu trouveras au fond de cette enveloppe un témoignage de mon affection. J'espère qu'elle sera à ta taille. »*

Cécile, les larmes aux yeux, reposa la lettre pour s'emparer de l'enveloppe. Elle la retourna délicatement sur la petite tablette du fauteuil : une bague d'or fin ornée d'un diamant glissa sur le plastique.

La jeune Française se couvrit la bouche des deux mains, le cœur battant.

C'était une déclaration, une demande en mariage.

Une vraie.

Elle glissa la bague sur son annulaire, l'admira longuement. L'absence de Josh lui pesa, soudain. Elle regretta de ne pas pouvoir lui sauter au cou et l'embrasser, lui crier son amour à son tour, et accepter son offre.

À la place, elle fut secouée d'un sanglot qui inquiéta la passagère assise à sa droite.

— Madame, est-ce que ça va ?

Cécile leva vers l'inconnue des yeux rougis, et hocha la tête. Elle ne parvint qu'à montrer sa main :

— On vient de me demander en mariage. Dans une lettre adressée à mon père. Je... suis émue.

— Félicitations ! sourit la femme. J'appelle l'hôtesse, qu'elle vous serve du champagne !

La lettre n'était pas terminée. Cécile reprit sa lecture, la vue brouillée par ses larmes.

*« Appelle-moi quand tu auras lu cette lettre, peu importe l'heure du jour ou de la nuit. J'ai envie d'entendre ta voix. Je t'aime.*

*Tu me manques.*

*Pardonne-moi si je vais trop vite, mais je voulais simplement partager cette bonne nouvelle avec toi : j'ai pris des renseignements, l'hôtel de Napa Valley où nous nous sommes dit oui pour la première fois accepte les mariages. Ils ont une dispo en juin l'année prochaine...*

*Si mes sentiments sont réciproques, si tu m'aimes comme je t'aime, alors appelle-moi et épouse-moi. À Napa, l'an prochain.*

*Embrasse ton père, salue ta sœur et son compagnon.*

*Je sais combien tu leur en veux, mais je leur suis reconnaissant d'avoir fait de toi la femme que tu es aujourd'hui. La femme de ma vie.*

*Georges Pasteur, m'accordez-vous la main de votre fille ?*

*Je t'aime, Cécile Pasteur. Veux-tu m'épouser ?* »

## Fin

# Remerciements

Je dédie ce livre à Billie, Dom et John qui m'ont inspiré ces personnages.

Un grand merci à Fanny, Louis et Isabelle pour leur soutien indéfectible et à Nadia pour toutes ses anecdotes d'ingénieure. J'espère ne pas avoir dit trop de bêtises !

Merci à la communauté en ligne, toujours derrière moi et sans qui je ne me serais pas lancée dans l'écriture de cette saga : en particulier Emmanuelle, Lucie et Kelly.

Pensées émues pour Marie-Thérèse, qui ressemble à Marie-Jeanne par le vide qu'elle a laissé, et qui me manque tous les jours.

Un immense merci à Paul, mon coach, mon relecteur et mon remède contre la page blanche.

Enfin, pas-merci à mon mari Jimmy, qui n'a lu aucun de mes livres et n'a pas tellement l'air de se sentir concerné. Je t'aime quand même.

Vous avez aimé votre lecture ?
Découvrez les autres romans des éditions So Romance
disponibles en format papier et numérique.

**Attraction**
**Tome 1 : Hélène**
Hélène est perdue : elle n'arrive pas à trouver un nouvel emploi en tant que barmaid. Or, c'est tout ce qu'elle sait faire. Après une soirée de recherches infructueuses, elle sort dans un bar avec sa meilleure amie qui lui lance un défi : embrasser un inconnu. Prête à tout pour réussir au moins une chose dans sa journée, elle n'hésite pas une seconde et va embrasser un homme séduisant mais ténébreux qui reste seul sur le côté. Une erreur qui marquera sa vie à jamais... car débutera alors une relation difficile, tous les deux étant hantés par leur passé...

**Station 21**
**Saison 1 - Episode 1 : Le retour d'Adel**
Adel, jeune ambulancière, tente tant bien que mal de se remettre de la mort de son collègue et amant. Après quelques semaines de repos, elle reprend le travail en espérant réussir à se changer les idées. L'arrivée animée de S., un jeune homme au passé mystérieux, lui insufflera une nouvelle énergie. Encore plongée dans ses souvenirs, Adel donne sa chance à la vie et, pourquoi pas, aux rencontres fortuites...

**Chardon bleu**
**Tome 1 : Regarde-moi**
Éliza est une jeune femme partagée entre son métier d'éducatrice, son conjoint Nathan, et sa fille de 3 ans. Elle mène une vie bien rangée et orchestrée. Un soir, elle se retrouve au mauvais endroit, au mauvais moment : elle croise la route d'un groupe d'hommes armés en lutte contre un forcené. Elle réchappe de cette altercation mouvementée grâce au mystérieux Silver, le chef du groupuscule. Pour la soumettre au silence, il la soustrait à sa vie, durant un mois. Le cauchemar se transforme petit à petit en opportunité pour une nouvelle vie...

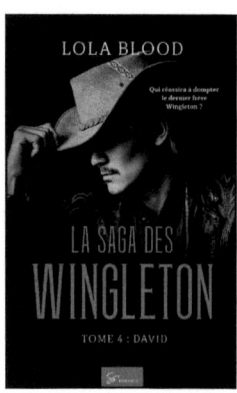

**La Saga des Wingleton**
**Tome 4 : David**
David est le plus jeune frère des Wingleton, et le plus attaché au domaine familial : il est le responsable du haras de la famille. Au tempérament aussi fougueux que celui des chevaux qu'il dresse, David est bien déterminé à continuer à profiter de la vie, et des relations d'un instant. Jusqu'à ce qu'il croise la route d'une jeune Andalouse au caractère bien trempé...

Pour en savoir plus
www.soromance.com

© Éditions So Romance, 2020 pour la présente édition

Éditions So Romance
159 avenue de la Couronne
1050, Bruxelles
www.soromance.com

D/2020/14.771/50
ISBN : 9782390452010

Maquette de couverture : Philippe Dieu
Photo : © LightField Studios / Shutterstock